SHANGHAI METRICIAN
上海诗人

主编 赵丽宏　执行主编 季振邦

复甦的地平线

上海文艺出版社

SHANGHAI METRICIAN
上海诗人

主　　编　　赵丽宏

执行主编　　季振邦

策　　划　　杨斌华　田永昌　朱金晨

常务副主编　孙　思
副 主 编　　杨绣丽　徐如麒

编　　辑　　巫春玉　赵贵美　宗　月
　　　　　　路　鸿　钱　涛　王亚岗
　　　　　　张沁茹　征　帆　张健桐
　　　　　　罗　琳

上海诗人
2023 年 12 月 陆

主办单位　　上海市作家协会
　　　　　　上海文艺出版社

编　　辑　　《上海诗人》编辑部
地　　址　　上海巨鹿路 675 号
邮政编码　　200040
电　　话　　021—54562509
　　　　　　021-62477175 转
电子信箱　　shsrb@hotmail.com
　　　　　　shsrbjb@163.com

头条诗人
004　以背影界定的时间（组诗）　　　　　姚　辉

名家专稿
012　我是高原的外姓（组诗）　　　　　　李自国
016　东山岛四题　　　　　　　　　　　　陆　健

华夏诗会
019　水的多种写法（组诗）　　　（江西）伍晓芳
022　上海往事（组诗）　　　　　（海南）南　岛
025　暗藏的隐喻（组诗）　　　　（吉林）雷云峰
028　构筑一个可能的世界（组诗）（江苏）庄晓明
030　四月，被一条河的清碧斫伤　（安徽）阿　成
032　线　头（外四首）　　　　　（天津）素　峰
033　落日，是一枚删除键（组诗）（湖北）陂　北
035　风带着修辞走动（组诗）　　（山东）那　朵
038　只写那些看不见的（外二首）（宁夏）虎兴昌
039　入林记（组诗）　　　　　　（辽宁）北　君
043　大风歌（组诗）　　　　　　（甘肃）小　米
047　地平线在复苏（组诗）　　　（福建）禾青子
050　流动的岛屿（组诗）　　　　（四川）涂　拥
052　大地物志（组诗）　　　　　（广东）萧一木

上海诗人自选诗

054 用石头的沉默说话（组诗） 王崇党
056 鹰峰山阵地 姜金城
058 白 鹭（外四首） 蓝无涯
060 君在何方（组诗） 薛锡祥
064 斑驳即是红尘（组诗） 金玉明
067 向虚而行（组诗） 刘国萍
070 张马村生长出来的诗（外四首） 沙 柳
072 尽显天涯之心（组诗） 陈晓霞
074 中医诊断（组诗） 许丽莉
076 父亲的山（外四首） 牧 野
078 生日里的杏花雨（组诗） 钱 涛

散文诗档案

080 寓言，或云边纪事（组章） 任俊国
084 松针落（组章） 一 文
087 新的肖像（组章） 潘玉渠
091 土之语 田宗仁

特别推荐

095 草木人间（组诗） 安 澜
098 李刚的诗 李 刚

浦江诗风

101 大姑和姑父（外一首） 曹 旭
103 我在找寻孤独的事物（外三首） 高鸿文
105 山与溪（外三首） 袁一民
106 无人破译的密码（组诗） 顾利琴
107 云 杉（外三首） 张 杰
108 河西走廊的马帮（外二首） 陈曦浩
110 稻草人（外一首） 戴谦茜

诗人手迹

封二 祁 人

读图时代

封三 刘咏阁 画／诗

推荐语

　　我一直认为，感受力的强弱是衡量诗人天赋的主要因素。同样一件事、一个物，普通人能感受三分，你就要感受到八分乃至十分。感受力强表现力才能强，表现力强感染力才会强。因为姚辉的感受力强，敏感度高，他才能在别人认为平常的事物中，发现其不平常。他的组诗《以背影界定的时间》，通过想象的突转、反转和时空的穿越，为我们带来新鲜的词语裂变。这样的裂变，带走了我们一个个相同又似乎不尽相同日子的疲倦，带来另一种生气勃勃与新鲜。

　　第一首《春水》，诗人以石头为引线，以一系列想象的反逻辑带来新鲜的裂变，增加了词语的纵深；《山地之夜》从牛哞开始，绵亘着历史的远和近，勾画出人生简谱的幸福。诗人的感受力在这里与自然和生命本身有了贴近；《蜜蜂》不是现实中的描摹，是更新和丰富，其中涉及的多元性，为这首诗创造出一种悬置；《白鹭》以一种感知世界的方式，以诗人深沉的视角，用戏剧性和蒙太奇的手法，溢出诗人看待自然的风格；《鹿鸣塔》以现实、超现实、浪漫主义三种表现手法，由远到近再由近到远，进行相互交替，直到"一座灰塔应声而出"。想象与现实相结合后，被诗人放置生存层面的《飞翔》，选择与指向充满不确定性的《雨中行》，编织藤甲的人，期许着生命境遇反转的诗人，与他的文字一起存在于《阿歪寨》，在蜻蜓的翅翼上，确立出田野新的边界，予以重新塑形的《蜻蜓记》，在一个物质的世界里言说，因苇的觅见，着青衫的人和他抛出的木瓜，让不纯然地存在，成为一种超验的《苇与木瓜》，在想象的开放和自我开启的基础上，诗人为我们重新设定了一个永恒流动着的，永远不会坍塌的《夜》。

　　姚辉在写诗时，不仅是想象栖居在他的语言中，他的身心也毫无保留地栖居在语言中。为此，他没有按照因果链和物理矢量时间来思考和观察他所看到的一切，而是通过自己的观照，将他所看到的，放置在有根的时空和无根的时空里，再升格为一种带有现代主义的体验性空间。写诗如同唱歌，真正的歌者在唱一首歌前，会先酝酿好感情，气沉丹田，然后才张口出声。这个酝酿就是沉淀，就是为了让自己的感受力更加饱满。不会唱歌的，张口就来，把浑身劲都用上，唱出来的也不像歌，像喊叫。两种类型的歌者就如同两种类型的诗人。姚辉当属前者。

——孙　思

姚辉简介

　　姚辉，贵州省仁怀市人，中国作家协会会员、贵州省作家协会副主席。出版诗集《收集风声的人》《致敬李白》、散文诗集《在高原上》、小说集《走过无边的雨》等10余种。获第五届汉语诗歌双年十佳、第九届中国·散文诗大奖、贵州省德艺双馨文艺工作者、山花文学双年奖、十月诗歌奖、星星散文诗年度奖、刘章诗歌奖、《作家》诗歌奖等。

以背影界定的时间（组诗）

姚　辉

春　水

她　想和石头谈论
星辰找寻的光芒

星辰那么灰暗
——这是泥尘与
泪的星辰　也是虫
与歌谣的星辰
她的身影为何成了

星辰最早的骨架

石头饥渴了多少年月
在梦境中挖掘的人
还能种植什么
石头　曾放弃过
她守望的道路

星辰预留的河道
突然涌现波涛

她从星光中
扶起惊喜的石头

她想和石头交换风与
大片春水翻开的
预言——

山地之夜

牛哞。远山想留住
须蔓繁茂的月亮

手执火把渡河的人
从水中捞出
大幅风声　他
好像又记起了那让风及
弦月沉默的女人

月色也值得反刍
牛角上的月色
不断散发浓烈的泥味

泥味中　浮出
一大叠祖先的影子

请把船
拴在距牛角百步
之遥的老树上

月亮正接近
树巅之巢　毛羽吱呀
两只鸟　可能已
顺利回到有些
浩阔的往昔

牛哞：群山的回应
开始延续……

蜜　蜂

延长花期的努力
可能仍将被风否定

源自哪种山势的风
让蜂翅倾斜？
花裹紧的天色里
闪出多种风声
而蜂也许并不需要
这么多风声

它们避开过哪簇
虚饰之花

还有亵渎之花　爱
与救赎之花……
蜂的祖辈目睹过那朵让
火焰烙进骨肉的花

风遍染花粉
某些金色花粉
盖住了蜂曾拒绝的
灰黑花粉

一只倦怠的蜂
将花影刻在
风弯曲的脊背上

它　以风遗忘的方式

延长花期……

白　鹭

它仍想归还那阵雨声

阡陌如何
限制白鹭的回望
我　已很难能辨认出
那些将白鹭
交给黄昏的雨了

插秧女人
踩痛水中鹭影
她　与你熟悉的传说
无关　她让白鹭
守护过某些裹满泥
与水的传说

年景和雨：一只
搬运山色的鹭
开始苍老

它记得多年前大块
旱象干硬的回声
它　赊借过你的热血
和大量泪水

白鹭缓缓打开星空

谁将收到
那片比阡陌更为
深远的雨意

鹿鸣塔

东山有鹿。大约
二百八十七年之前
埋首经卷的人　突然
听到了鹿的鸣叫

呦呦。呦：东山被
抬升到云头上
林中的雾让山色
分岔　一条虬曲之河
浮荡鹿的倒影

半块石头自黄土中
一跃而起　它
想将某部分鹿影
纳入自己的纹理深处
它将解释鹿
出现的各种意义

我认得那个在鹿鸣声里
掩面而泣的皓首者
他猛一下将狼毫上的
山河抖下　他
把长风系上鹿红光
闪耀的犄角

一座灰塔应声而出

我此刻复述的鹿
为塔奠上了第一块
吟诵的石头

飞　翔

他们说的飞翔
可能仍将被纳入
某类非规范性欲念

至于从何处出发
及飞翔方式与
目的　你可以忽略也
可以反复修订

鸟和泥土的飞翔
已同等重要
鸟　一声啼鸣
就抵达了泥土深处
燃烧的根须

毛羽中升起旭日
以及淡雾

不复制坎坷的
预言者　坚守着
飞翔的渴望

风静　鸟的路线
被花朵占据

雨中行

雨为你准备了各种
地址　让你在经过某个
路口时　又忆起
昨夜杯盏边蜡染的笑

篝火覆盖的地址上
留下两类多边形雨声
谁将雨演算成
可以改变的命运
谁必须接受雨最为
坚硬的敌意

一只迟缓的蝶
挪动岔路边缘的雨意
它不属于你注目的地址
甚至也不想成为你
总在放弃的地址

雨是山河间
一种拱形的安慰

鸟飞来　它将
告知我下一个可以
让雨成为梦境的地址

阿歪寨

编织藤甲的男人活在
线装书的第 365 页
他看一眼你递上的春光
将手里的岩藤
系成一个呼叫的结

寨中路如藤一般
蔓开　这以树为魂的寨子
已把大量脚印刻上石头
那些花　也想在
自己的瓣上刻一些
模糊的脚印

而石头在找那穿越
上一个暗夜的人
他还击鼓吗？在风中
他偏南的警觉
有些鲜艳

石头追逐石头。石头
在石头之上生长
你将属于石头冉冉
抽出的藤叶

神在寨门上
描绘风与群星
交错的影子

SHANGHAI METRICIAN

头条诗人

10

编织藤甲的人成为

风的传人　他

蘸碗中的酒将祖先的

凝望写在我难以

辨认的风中

他想回到一束青藤

翻越多年的

那片暮色

蜻蜓记

蜻蜓的翅翼上

有田野黛青的回声

晨光丈量的田野略窄于

夤夜之前　红蜻蜓

来自银河北侧

它　为田野添加过

星辰古老的讯息

蜻蜓的田野的确应当

大于我们的田野

风说出稻禾的第四种骨节

风　熟悉这种

支撑田野生长的骨节

而我和犬开始找寻另外的

风——承诺与歌的

田野静静转动　然后

是蛙与白鹭互赠的田野

旭日和母亲　分别

出现在　田野的

两个方位之上

田野如何让

七月与蜻蜓再次重复？

即将抽穗的稻禾

扑向母亲　这也是太阳

曾给予蜻蜓的

最初教育

苇与木瓜

淇水左岸

苇即将进入九月

苇想从晨光中觅见什么？

露水垒砌的晨光层次

明晰　最底层

是诺言　顶层则为
木瓜苍翠的影子

晨光差点忘了那个
着青衫的人　他抛出
木瓜　然后接住了
谁诺言的花束？

就这样　风成为
值得传承的咏唱范式
淇水逐渐壮阔
苇　紫穗上或许
不只留存过那束经圣人
扪心删订的晨光？

木瓜密集　投之以
木瓜　而琼瑶将聚向
至高的水势

——苇丛那边
应该会走出另一个
着青衫的人

夜

时间坍塌　但我已拿到
复建时间的图纸

我可能会调整一些
尺度　甚至更换晨与

黄昏的颜色

云与星。它们如何
腾出堆放梦境的角落
你还需要梦境吗
时间坍塌　可能首先源自
云与梦境的坍塌

我也许仍需
质疑一下夜色　这
生存的旧址　为何总被
泡沫化　草本的弦月
也留下了坍塌的
各种痕迹……

一个活在正午的孩子
曾交给你半把
燃烧的夜色

新的时间模式还将
历经多少验证？蝼蚁说
你左腿的暮色正褪下
扁平化躯壳

——请在图纸上
找时间
最早的折痕

你以背影界定的时间
永远不会坍塌

名家专稿

我是高原的外姓
（组诗）

李自国

野牦牛

皑皑雪山
仍是起伏沼泽里绵延耸峙的危堞
你这野心勃勃的重磅之硕
被万里晴空雷霆，抑或被放逐

牦牛识途，走出农耕文明的陡坡险路
躲过陷阱，游渡江河激流
伸出凶狠目光，身手敏捷像神的天物
头上一对犄角毕露锋芒
慓悍、勇武之士的基因万年遗传
令人烟日益稀疏、冰雪刺骨发抖

丛林里一闪而过，刀光里一闪而过
箭影里一闪而过，邪恶里一闪而过

与雄鹰为伴，和雪豹称雄，野牦牛家群
数你最耐粗最耐活，最妖娆的冰期巨兽
达尔文也羡慕你这野性马达十足的原始部落
翻山越岭的高原之鹰，翻过
一页页天境奇险之书，每天咀嚼的青草

飞出灵魂的字符，穿越兽群保护的晚风中

牛头城

呜呜呜，呜呜呜
牛角号的石头在叫

哞哞哞，哞哞哞
牛头城的牛正闻鸡起舞

陇原上，低沉粗厉的叫声
一叫就是1700年
从西晋的鲜卑兄弟吐谷浑
到开创了洪武之治的朱元璋
再到牛头城难以自拔的叫
叫成护城壕的火焰，叫成点将台的硝烟

旌旗猎猎的叫，刀光剑影的叫
时间就此嵯峨，又就此凝固

牛头城的牛，就剩下这颗
瞪着牛眼的硕大的牛头
它依山险要而筑，饮血踏歌
而牛群早已远走他乡
牛身从烽火墩，从戍卒的泪眼婆娑
换回大地的安详与平和
挨回府衙上下的风和日烈、偃旗息鼓

俯瞰四周，一边是炊烟袅袅
另一边是见证了这座古城荣辱的
悠悠时空，它像牛尾一样
一个摇摆，都是上千载光阴的蹉跎

临潭，三点水的潭

它的"花儿会"流淌成河
它以高挺笔梁的海拔
绕过一条古洮州时光，潺湲的洮河
就一点一滴的临近水潭
三点水的潭，新石器时代就有的潭
悠深而生衍出不息天空的蓝

水呵，一手牵着莲花山与常爷庙
一手牵着洮州卫城与冶力关
它在圣湖冶海的脑海中浮现
水的眼，水的皱纹，水的身材
它润泽一望无际的沙漠、戈壁与生命
润泽牛羊、篝火、雪山和爱情

呼吸，入梦，岁月的步履已疲惫
我因为爱而叩拜，它的北蔽河湟
我因为情而痴迷，它的西控番戎
我因为恩而谢罪，它的东济陇右

西北风一吹，"花儿"就满山坡地开
唯有"进藏门户"和"茶马互市"的身份
从秦腔、马家窑彩陶、貂蝉故里穿越
从羊肚菌、社戏、鸳鸯戏水的洮绣中穿越
人生如戏，戏如人生
它的四周环绕着青山
它看过了许多精彩演出
它经历了无数离合与悲欢

临水之潭，因一种上善的临近而
天圆地方
因一股股满潭不竭的圣水而
天人合一

草原驿站

野云裹裹，炊烟袅袅
黑牛毛帐篷里的一烛灯火
若暗若明

适才，路过的官差哪去了呢？
还需食物和住宿？需要更换马匹吗

几番征战，风萧萧兮
传出去的军令收到了吧

返回的战事，一纸鸡毛信，一袋粮草军需
还有更多前线，密不透风的消息

嘘，这可是天大的军事绝密
若无其事的士卒，不敢走漏一丝风声
百世千年后，烂死在将士肚里
胜者为王，败者为寇
恩恩怨怨、满眼已是灰飞烟灭

祥云迢迢，逝水遥遥
古城草原驿站已经醒来
而它穿越的一场场激烈战争阴影
又把我这个从天边慕名而来的游人
陷入沉思
人，不就是驿站上游动的棋子
输和赢都是时光老人嘴里
不敢轻易把它的天机说穿

我就是当年那个散兵或士卒吗
像一枚狼烟里鲜活的铆钉
醉卧古城草原驿站的沧桑与晨昏

狼毒花

一坡艳丽的花丛背后
谁说若干年前这里没有狼群出没
因为它叫狼毒花

一帧世外桃源的奢望中
总是暗含口蜜腹剑的典故流传
为什么它叫狼毒花

祁连山就是一个聚宝盆
聚来鹿茸、麝香、蘑菇、大黄
聚来金、银、铜、铁这八大宝
也聚来冰川与风暴，经幡和佛塔
更聚来六月的狼毒花期
人心不古的一派草原，返青了神话
所以说它叫狼毒花

铢心的狼毒花，你把毒株藏在什么地方
每一次转身，你难道就将朗朗天堂
变成了人间地狱？还是已把猎枪
对准了梦幻泡影的虎豹和豺狼
谁是它杀伐过仇恨的狼毒花

狼毒花就是一道算术伪命题
你在什么时候，已把灵魂当作一株花
开成美的欺骗，美的遍体鳞伤
开进祁连血脉深处的天苍苍野茫茫
为什么叫狼毒花？狼毒花？狼毒花呀
为什么竟让唇亡齿寒的花萼
被毒日灌醉后怒放一群咬人的恶狼

东山岛四题

陆 健

风动石

风动石
让海水更温顺的一种存在
这块有着英雄情结的石头

阿基米德也许来过
曾发出古罗马味道的喟叹

罕见的物理学者
钟爱这片土地的平衡大师
仰望，和空中的暗物质
交换它们之间的秘密

慷慨的七月，太阳流火
一只白色的鸟掠过旁边
旁边有喷着绿色浓雾的凤凰树

相思树花

这是一种何等令人心折的植物
树身上刻着王维的诗句

一粒红豆，足可以要了

一个男孩的命，或一个女孩的命
爱的天地朦胧

她盛开着如此乳黄色的梦
花瓣悬垂，不知魂归何处

她对初衷的坚守
她的不合时宜的执念常常折损

她的不设防，容易被摧残的美
她掉落地面便无法赎回自己

我们的时代，配不配得上她的美
她那椭圆红豆眉心上的
针尖般的一点点漆黑

曾否收拢过
一场奢侈的风花雪月？

磁窑村后壁山道上

文化墙依坡而建。十数丈宽
嵌满宋窑遗址出土的
青釉瓷罐或残片

罐体饱满，有的张开大口喊着
时间啊时间，有的不肯见人
转过身去给邻居背书

残片釉光闪烁，心有不甘
放任山花野草四下游走

沿山道而行，一位挑担人
迎面走来，一阵风正经过
他双肩。好像时光变慢
好像我加入了他们中间

那道旁的瓷人——
他将把粉碎的石粉
送去淘洗，淘洗成泥，细腻

那拉坯者坐姿，仿佛上下其手
施行压，捏，摔，拉的手段
成就了瓷罐的雏形

他太极拳师般
行云流水丝丝入扣
生活正是一连串的大小动作

烧窑人正抱着木柴走向窑口
洞若观火，指的是温度与火候
他经验的程度决定瓷器的品质

我在这山道上似乎也经历了
一次意念的滑行
这些瓷具被装上木船
北上杭州，汴州，南下婆罗洲
千年短得就像一个午后

蝶　岛

无法形容的形象之美

九仙山、东门屿是她的首部
灵动奇瑰的铜山古城足堪夸赞
更前方她的触角般的小小岛礁

持续接收着海天的信息

康美为颈，樟塘西浦形成肚腹
足够的力量支撑她
年复一年的翩飞

杏陈镇苏峰山为两翼
向西南延伸至岐下渔港的尾部
呈现动感十足的惊艳之姿

百草丰茂，高楼林立
人民安居如缤纷的颜色
这由岩石和沙土合筑的负重之美

在浩瀚的东海上，碧波间
蝶岛，她又在舒展着
一种绝世的轻盈曼妙之美

水的多种写法
（组诗）

（江西）伍晓芳

拂 晓

时间，是一个铁器
一天中要承装太多的人和事
且大多数都带有腐蚀性
很容易就把时间用旧
用旧的时间
裹着厚厚的黑色的锈

我们用露水、灯光、梦呓
反复将它擦洗、打磨
被磨出光泽的时间
必须赋予一个新的名字、新的意义
我们称之为——
拂晓，或者黎明
然后，又开始循环使用

低飞的水鸟

时隔已久，关于三峡之旅的记忆
已随江水远去
唯一只水鸟，还倔强地

贴着江面低飞

相对于江的浩荡，山的高耸
它是渺小的
但它疾飞的气势却如刀锋
让我误以为，是它
劈开了两岸，推开了水路
领着一艘巨轮向朝日行驶
也引领我走出昨夜的失眠症

从来，力量靠的不是巨大的体型
占据记忆之河的也不是惊涛骇浪
而是
一双水鸟的翅膀拨动晨风
往江面上，撒下细碎的金光

石头上的山羊

过瞿塘峡，到巫山时
两岸的山峰又陡峭了许多
喀斯特地貌的特征越来越明显
草木稀疏，层叠的石块有错落的裂缝
却顶起一座高峰，撑起一片天
山腰上的人家是岩层的一部分
山崖上的小路是岩层的一部分
石头上蹲着的一只羊
也是岩层的一部分
它表情安静，眼神明亮
一只眼睛里映着山的坚硬
一只眼睛里映着水的柔软

禹王碑

去禹王碑的路上有一种果实
金黄、饱满、类似于酸枣
咬一口，有无法准确描述的酸
像我爬了一千多台阶后膝盖里的酸
像百姓眼睁睁看家园被洪水冲毁时的酸
又像大禹三过家门而不入时的酸

禹王碑上，用鸟篆刻着大禹的一生
77个符号像77个排列整齐的酸枣
这是历史留给禹王一个人的文字
至今无人能够辨认——
无论平民、君王
一生的酸楚
唯有自己能读懂
一个朝代，亦是如此

刻舟求剑

倚着栏杆，凝视江面
有那么一刻
我突然陷入沉思，偏离了时间的航道
仿佛跳进江水，从江面消失
潜入一个幽暗的世界，探寻某种玄术
而水面之上，群山后退，水波流转
与我没有任何关联

当我从沉思中醒来
船已行出很远

眼前万物澄净，群峰像刚长出的样子
低头，沿着落水的位置寻找
之前的我，已永远无法打捞

"水"的多种写法

白沙井的石碑上
有"水"的上百种写法
甲骨、金文、小篆、隶书……
连成一条历史的河流
风格或奔放磅礴，或清新雅致
像大地上汹涌的江河或宁静的湖泊
线条或纤细飘逸，或粗犷刚硬
如不同人物的性格与命运
不同人，不同时代，不同地域
写出的"水"是不一样的
白沙井养育过多少人，石碑上
就该有多少种"水"的写法

湖南之行，我们还见过水的其他写法
湘江是一种，沱江是一种
麓山寺的泉是一种
韶山冲的荷塘又是一种
往远处说
还有长江、黄河、鸭绿江、渤海、南海……
单一个"水"字，以多种字体
替我们记录着山川锦绣、人文历史、世间百态
也记录着一个民族的苦难与幸福，衰弱与崛起

论玻璃的作用

它的透明性
决定了它的神秘性

一块玻璃
并不影响我们看清风景
也不影响看清人
却又神秘地阻挡了一些事物的靠近——
暖风或冷风从窗外吹过，我却毫无感知
有时也会眼睁睁看一些事情的发生或结束
而无法阻止
当然，也可以充当不去阻止的理由

但很多时候，我们并不知道玻璃的存在
比如，在爱或美的诱惑面前
会猝不及防地撞上去，爱与美没有碎，人碎了
伴着尖锐而晶莹的碎片

人有时也需要用玻璃做面具
坦诚相见，又保持一定距离
隔着玻璃接吻，和隔着玻璃目送
也许是最恰当的方式

云　雾

山腰，是一个恰到好处的高度
上不入天，不遁入空门
下不落地，不落入凡尘
云雾，就那么悬浮于

虚与实之间，自然与超自然之间
难怪，雾的样子有形又无形
既不像神，也不像人
轻薄的肉体装着透明的灵魂

当大巴车开上巫山的高架路
我和雾有了同样的高度
我穿过它的身体
它穿进我的身体
下山时，我的身体轻了一些
抬头看，雾好像重了许多

海的那边

我们并肩坐着
无边的水域，适合谈论高远的未来
适合乘着想象之舟去向海的那边
排除了现实的暗礁
也不必担心飓风的到来
我们尽情地用语言
在海的那边构建城堡和宫殿
种植鲜花，也种植粮食

当暮色四起，渐涨的潮水
一步步将我们逼退
不得不起身离去
搭建的宫殿，被永远留在对岸
这个虚幻的下午，也因此有了真实的幸福
多年后，只要想起这个下午
那座城堡就会为我们打开大门

上海往事（组诗）

（海南）南　岛

三江菜市场里的包子铺

肉包五毛　递过六枚铜板
够老张　搬一上午的石砖

包子叔　总塞给我最大的一个
该够半个小时的路程到餐厅
若不够　沪闵路还挂着月
咬上几口

立　冬

经过三江路
气温骤降　开店五年了
江西老表　和他的露天理发铺一样
——还光着
我来五年了　每次
递出铜板的回响　都像来自公元前
借落日　我们各自点一支烟
借落日　我们缓缓降落人间

凌晨2点

餐厅　透到街上的光
像一碗阳春面　热腾腾的
冒着白烟
适合　我这样的异乡人
静静地坐着　聆听自己的泪水
流成故乡的南渡江
适合　我这样的异乡人
一壶二锅头
温成老家的山兰酒
止住夜半　咳出的乡愁
折弯的腰身

三江路边的麻辣烫

天气冷　来坐坐
天南地北的方言　汇聚成一堆篝火
人间冷　来坐坐
多给三五碗
来过小摊的人　都怀揣两个春天
一个在异乡　一个在故乡

自行车之城

比上海的人还多
斜阳下　一波又一波
好几回　误以为　是故乡
一茬茬稻谷　被风吹进城

好几回　卷起的几片落叶
误以为　是田间
惊飞的几只麻雀

惊飞麻雀的　是我
送饭到田间　最弯的那株稻谷
是父亲
当我骑过三江路　麻雀不惊
停在电线杆上　像忍住的泪

骑行少年

一路骑　风吹来落叶
像吹来你　在后座上
风　吹来风　三江路　南宁路　漕溪路……
吹成田埂
徐家汇　吹成乡下那片稻田
吹着吹着　城隍庙　吹成村里的祠堂
上海书城　吹成后山的学堂……

骑快一点　风追不上
再快一点　上海滩　不是梦

2004年最后一天，下雪了

一片二片　三四片……
雪初见
我没说话
其实　二千多公里外
母亲的额头
雪　已落多年

在徐家汇搭地铁

进站　即进山谷
投下几枚硬币　山谷有了回音

出站　即出关
关外　人群像三月雨

我探出的小脑袋
像是赠给申城的一枝春

2005年第48届世乒赛

我是厨子　大勺一抡
黄浦江翻成长江　青鱼煮成武昌鱼

快看乔红　她正像一只小鸟
衔一枚冠军一样的喜悦
从舌尖上　穿越砂锅上空
迷蒙的烟水　飞回老家武汉

勺子与拍子对决
双方　都是赢家

上海外滩

我是游客　更是游子
不敢　叹风尘
黄浦江的水　是我的泪
落在道光年间　落在二千多公里外
母亲的衣襟上

我是过客　匆匆
像一张留念相片
我又是　上海滩闯荡者
试问　谁主沉浮
黄浦江滔滔　出海口
没有回话

但见　对岸的东方明珠塔
像一根巨大的鱼竿　向我抛来

下班了

风雪夜归　一路上

还残留着油烟味　身体里
火炉的暖　落在了餐厅

快回到宿舍　进沙县店
吃上一碗馄饨
热腾腾的　一枚馄饨一方山水
吴语　闽语　赣语　川语……
交织在空气中　热腾腾的
冒着人间烟火　我在江湖

在上海　十元以下　硬币为主
每次结账　都像古人
排出几枚铜板
每次出小店　吹来的风
都像一匹马　我像——又将远行

别　离

上海的春天　太匆匆
杏花　梨花　海棠……
不会为谁多开一会儿
不会为谁多停留片刻

五月　牵牛花吹起喇叭
煎牛排的牛魔王　调往梅川分店
吧台的老江湖　去了浦东
跑堂的四妹　回安徽老家嫁人
后厨的刘参谋　南下广东当兵……
我与王飞　黄浦江边
君向潇湘　吾向秦

暗藏的隐喻（组诗）

（吉林）雷云峰

以水，指向黄昏

人间。大雨滂沱之后
一棵树将自己楔入水中
任由时间的叶子，缤纷落下
涌向无形的网
浮生，是另一个计量单位
势能的落差总在低处
制造漩涡

黄昏困在已知与未知之间
一尾鱼，一抹绯红
相互转述，也相互背书
水面弹出的飞鸟
已在静谧的视线之外
何时舀干这连天的水火，才是
一叶小舲存在的全部意义

夕阳，迟暮而顿挫
眷恋，总是以逝去获得新生
无非是
催熟天空这个巨大的容器
让风，阐释所有的轮回

驼铃声,有金属质感

先于暮色抵达的光瀑
指引,沙海曲折而均匀的呼吸
丝滑,仿若时间的背面
无法粘贴更多的隐喻

黄沙牵着骆驼,骆驼牵着我们
我们牵着影子
孤独,富有弹性且清脆
驼铃翻阅的时候
能闻到金属的质感

籽蒿,小眼睛狐狸,被拧干的水
还有无数的沙粒
替我们赎回荒芜和苍凉
坝,坐在贺兰山上,向西
吹动着腾格里,和阿拉善高原

青草的气息

那些错过牛羊之口的草
拚命地摇晃着
身子倾斜
等待神谕

生而不能献祭
风
吹动橡果里的谶语
石头,用苔藓说出青绿

乌鸫的喊声陡峭
指认黄昏
和黄昏背后的气息
有人看到一棵草出逃
路上,有秋天的影子

心岛，是时间的少年

神，擅长粘合之术
比如，山水相依
比如，浮出尘世的，爱
他们都与游在天空的一尾青鱼
关联并解构

那些抢先跳进湖里的云，雨滴
释怀弯曲与柔软
见证薄雾吐出质押的群山
桉树，成为最先爬上岸的旁观者
谛听，乌鸫以羽翅
一点一点拨亮绿色的喊声

心岛是时间的少年
赦免会呼吸的石头以微澜
替我们说出语焉不详那部分
有人指认月亮
和月亮背面孤独的势能
漂泊，终于长成一件奢侈品

在一张纸上渺小

正方形的人间
堆满时间的颗粒
灰色磁场用耦合，纠正世界的偏颇

宁愿相信这是一片海
迷雾遮蔽之外
垂着永恒的星空

我们成为自己的蚂蚁
被潮水一遍一遍
揉搓，挤压，重组

突然想起
酢浆草，矮脚马，屋檐上悬着的一排雨滴
见证，我们在凌乱的风中
刻画年轻的母亲
——正在诵读一只白乌鸦
暗藏的隐喻

绢　花

曾经，看到那束绢花
在剧场一座废弃的房间里
她蜷曲着，战栗着
勉强扶住蛛网

没有成为绢花之前
她在女人的旗袍上，开成大朵的牡丹
或者描述一个侧袢的勾连

她有豁免权，表情木讷
亲眼看到行刑的场面
对鲜血，对哭泣，对生离死别
甚至，对一切都无动于衷
灯光熄灭之后
她独坐在舞台的桌子上酣睡

后来，有人看见
她纵身跳入人间苍茫

构筑一个可能的世界（组诗）

（江苏）庄晓明

纯 诗

诗，为何不能散文一般
与读者相亲
我迟来的晚年
虔诚地向切斯瓦夫·米沃什致敬

不存在纯净的流水
不存在纯净的语言
浑黄的流水一样有纯粹的脉动
纯诗就在那里

波兰的忧郁

在一首中国诗中
扎加耶夫斯基读到了一千年前的平静
读到了一只船篷上的雨声与时间
读到了诗人的虚妄与偶然

而我在扎加耶夫斯基的读诗中
读到的是波兰的忧郁

它雨声一般在时间中平静地渗透
没有一种地图或疆域
能够将之固定

可 能

诗
可以构筑一个可能的世界
如陶渊明的"桃花源"
如卡尔维诺的"看不见的城市"

或许
它们没有财物的增值
但可以使我们呼吸的宇宙
更为舒畅，怡然

邮 箱

威廉·布莱克去世时
唱着赞美诗
他坚信，而且知道
他将被载向永恒的智力猎区

可这么多年过去了
我们未收到他那边的来信
是他忘了我们的地址
还是我们的邮箱出了问题

桃花源

从杜甫的全部作品
我辨认着一座广厦的轮廓
从李白的全部作品
我感受着一条黄河的奔腾

而因为陶渊明的一首诗
我一直徘徊于桃花源的投影
那仿佛若有光的小口
提示着诗人们失落的家园

澄澈

王维诗境的自然,天成
使我联想到莫扎特

王维的影子
都是澄澈的

杜 甫

不觉间
我已活过了杜甫的年龄
不由暗自心惊

于是
我开始在诗里
寻找自己漂泊的晚年

而我
常年蜗于一个偏远的小镇
犹如一个遗忘的囚徒

挖 掘

鲁迅
一个无比犀利的
自我挖掘者

华夏诗会

但由于他的自我的无限丰富
他的一次次挖掘
又似触动了所有人的神经

鲁　迅

关于鲁迅
我还没有说够
我的虚无
就是鲁迅那儿遗传的

唯有黑夜
世界的脉息才听得清晰
在无穷尽的远方
若磷火的一闪一灭

网

北岛写他的一字诗
"网"的时候
可能没有想到
这张网的魔幻

支撑这张网的
亦是网里的猎物
而它们却认为
自己是网的构成

四月，被一条河的清碧斫伤

（安徽）阿　成

总有一树春天陪伴

儿子携媳妇孙辈远去了
有时半年，有时一整年
空落的时光，和崭新的楼屋
连同一个"家"交给了你
还有几分菜地，一条狗
一群鸡鸭。你已习惯
老伴不在的日子（她睡在
东山的松岗），也已习惯
儿女外出打工的日子

鸡鸭鸣噪的晨昏，菜地
消磨的白昼。古稀之年，你仍有
强劲的体魄和用不完的气力
常常是一顶帽子，拱起晨雾中的日出
一把锄子，荷回山头的落日

匆忙恍惚间
总有一树春天陪伴

痛

益母草高出河面，却断裂于
一柄飞刃的白

汁液浸染行走的脚踝

刀斧的探望者。一声叹息
四月被一条河的清碧
斫伤

四月

白色膜棚里，捧出
捆扎齐整的青色辣椒秧——
讨价还价之后，是双方
带着灰泥的憨厚的笑。

翠绿躺在黄色的
三轮车斗里，
四月在"突突突"的响声中
远去

暮春

雾中。一朵朵小喇叭
在泥地上伫立、仰卧
这月色
醒目、清凉又撩人

散步者三三两两的影子
融入芬芳的喧响
河水是翠绿涌动的一行
渠道是碧玉堆叠的一行
微风中，坠落的花瓣
是春色缱绻的
另一行

小满

晨光、夕照之间
影子盛大，山峦膨胀

油菜收割之后，沟渠引来碧水
耕田机拱碎一片明镜，稻秧着"床"

枇杷黄熟，桃李青涩
玉米的浓荫在田畈蔓延
布谷鸟从清晨鸣至黄昏。
菜园里，满地攀爬的瓜秧
不听使唤

戴着草帽的母亲
用一根根枯竹支起架子
牵引黄瓜、豆角、葫芦
这些细伢向上

线　头（外四首）

（天津）素　峰

悟透，必须掌灯
抻出隐在皮肤纹路间的蛛丝马迹
将乱如麻的事物
慢慢拆解，捋成一条线

端倪从指间滑落
那些毫不相干的尘埃，有了眉眼
凡人的消磨，让风里的红烛
越燃越短

醍　醐

一朵花结出的果实，隐约有火的颜色
青涩时光的风雨，从窗棂滴入暗涌的河流
这是无法回头的路

而岁月的枯萎，使我成为
一座山
途中每一块绊倒我的石头
都是我的恩人

人迹罕至的山谷

山一样不动声色的
不止是我

鸟鸣，是几根刺眼的白胡须
彰显老去的荣耀
内心深处
身穿僧袍的人，反复用放下，
说服森林中
蠢蠢欲动的野兽

小飞虫

一次次撞向前挡风玻璃，撞击的点
越来越高，也越来越急促。
如果感觉到了我唆使的气流，在身后
拍它的肩头

回转身，再飞低一些
就可以从打开的那扇窗突围
天，广阔且湛蓝，有足够的引力
它一下又一下，撞出了
所有飞虫的疼痛

树　洞

劫难，使他沁满草木香。我把它
当成一剂良药
并用倾诉的方式来换取
他有时幻化为雏菊，有时
变成我的样貌，站在对面。有时
是一位身披袈裟的高僧

落日，是一枚删除键（组诗）

（湖北）陂 北

黄 昏

落日，是一枚删除键
按下去，没了影子的河流
只剩下喘息；低下去的
花草、山脉、斑驳的村庄
在红色的扫描中，渐渐
模糊了形状

鸟儿从天边撤回了翅膀
在母亲的吆唤里，落营的

有牧牛、羊群和无忧无虑
乳名的时光

晚霞，每删一段
愈来愈空的山的影子
仅有，季风
在渐渐惨淡的落红里
没心没肺地吹拂

被风吹落的黄昏

风，是锋利的
它由远及近，吹落
一个又一个物体
比如山川、河流、花草、房屋
比如袅袅炊烟，和
阳光下，鸡鸣狗跳来往的人影
每吹落一个地方
遗留的，是洞一般

黑黑森森

黄昏，也有吹不净的
死角。一些眼睛
守望成了灯和星星
一些思念
纠结成流萤。只有那枚圆月
自留地般，豢养
一群故人

夕　阳

似乎这一刻
开始凝固的晚霞
自那个叫落日的档口
把红浆
灌溉了人间

似乎这一刻
群山，不再豢养
篱织希望的
柳暗花明，和稀释挫折的
峰回路转

魔幻一样的暮霭
开始自隐与隐匿
河流、村庄、花草，以及
仓皇出逃的鸟影

层林尽染的群山
用一个高耸，退至

无可再退的远方
对峙最后的光亮
静待，一个
叫禅钟的山风

杏黄时分

或许是黎明，刚刚醉醒
或者是雨后天晴的黄昏
或许金丝菊吐蕊了
或者是，新生的垂柳
在微波上堆叠芽影

这时，你的后面
跟着一只温顺的奶狗
或者，轻柔的风

麦浪，从四周
一次又一次，濯洗
你的清影
欢跃在空中的云雀
鸣叫着，追向彩云
掠过头顶

晚　霞

终于拌不动了
漫溢在半空的岩浆
一双双黑色羽翅，从各个方向

风带着修辞走动

（组诗）

（山东）那 朵

桃花盏

借春风，也借桃花香
春天开始布道，点在桃树上的
标点和词句，让一首颂辞
被花香挤满，等待安顿
花带来的修辞，恰配得上
青春的美好

绣花辞

三尺宫绣，养一股风情
蚀骨，蚀春水。山水花鸟
散落的小欢喜，在穿针引线中
又在丝绸上重聚，袅袅雾气
仿佛京剧的唱腔，让美具备了虚词的成分
细心的女子，绣花针流淌出来的美
是阳光的，也是百花的
有着生动的气息
身怀绣技的人，都有一颗
柔软的心，在尘世自由行走
用刺绣躲过生活的利器

把惹事的风
深入浅出隐匿枝丛

坡上的蒿，有犀利角
它们一刺穿幕裹的岩浆
金色霞光，瞬间
万道倾泄

或许夕阳，是最后玩家
它缓慢地退着
拖拽半个天空与地面的袈裟
仅一刃弯刀，就想
铲净一座青山

平原上的夕阳

平原上的夕阳
不能垂搁在山冈或树尖
只有用流云的刀片
切割一点就轻松一点
小心翼翼地落下去

于是，夕阳
就落在了鸟的背上
惊飞一片黑色的影点
于是，夕阳
就跌落在了，前面坡上
车与车之间
高速奔跑的轮子
碾溅血色一片

抵消落寂

稻子地

阳光尚好
稻浪正一坰高过一坰
往金黄里赶
每一粒都紧紧抓住阳光
让自己膨胀起来
风小声说话
除了商量让每一粒稻谷
都颗粒归仓的事外
它们还在策划一场
把土地翻晒一遍的暴动

无边寺

无边寺里藏着白塔,也藏着钟声
钟声里藏着沉思,也藏着梵语

一盏盏青灯,是一粒粒沾染灵气的词
用从容安静安抚众生行走的浮躁
钟声被鸟鸣衔起,带向远处

与清风交心,与清凉的月光
一同打坐,把喧嚣还给尘世
留下青灯、清影和清净之心
与时光对决,或者言和

耕耘辞

土地作为隐身的救赎者
日夜打坐,用种子磨砺心性
也用风雨雷电
耕耘者在土地上修行
一粒粒饱满的粮食,就是一颗颗
舍利,闪着善意的光芒
庄稼不善言辞,省略华丽的辞藻
直奔主题,那些顶在头上
或别在腰上的金钥匙
不是用来开启哲学的,而是
一句句暗语,打开耕耘者的心窗
哗的一声,心就亮了

挑　选

天渐寒,我在一片杨树林
捡拾句子,贴补生活的空洞
在枯黄的叶子中,还能寻到
被时光遗落的美
背靠一些细小的光阴
取暖,打盹,遐想?
这时节,暂且把修辞闲置一方
专门打量秋天一词的来路和去向
跟着落叶,试一下风的内力
是否,已达到十分

金刀峡

金刀峡提着刀行走，只是想试一下
用利刃能否斩断人间的风雨
两岸的草木噤若寒蝉
闭口不谈输赢
湖光一闪一闪，撞破雨夜的苦闷
藏起一小撮雨声，替诗人
留住诗意

北　碚

渡嘉陵江，抵北碚
省略的修辞，都去了李商隐的诗中
北温泉正释放温暖的气息
一些被时光误伤的关节，正被疗愈
用脚丈量缙云山的高度，用心
装下这一路的回音，却装不下它的辽阔
只好把鸟鸣收紧，把草木的清香
打包，一同背下山去

风　语

风带着修辞走动，大地重拾诗意
风抚摸过的事物，都有了慈悲之相
一年四季，都及时递出调色板
均匀调色，把四季的光阴
整齐划一地安排就位
只等外来者入赘，成为一个个
幸福时光的补色或点缀
留白也是有的，在空闲处
几声鸟鸣，几粒麦香
让美不那么拥挤，不那么繁赘
成为大地上的一段简书
留下来

五谷是土地最好的包浆

土地与谷物彼此相认，互为连襟
把高粱灌醉，把小麦哄睡
只留一滴最纯的心思
与月亮一起打更
总能为大豆小麦高粱玉米的饱满
预备熨帖的营养液。作为回报
五谷用丰满成熟的颜色
给土地上一层最好的包浆
你尝过的五谷温情，都是庄稼地
一手捧大的一粒粒汉字
组成爱的简史

明月山

明月山上，众峰和气
手拉着手，围成半圆
给一个出口，才叫明理
月亮在高处，明月山临摹
半个月亮，留一半
有个念想才叫诗意

每一个美妙的词

都要择机而动,小心安放

动物靠右,植物靠左

硒温泉不左,也不右

温和总是介于中间,成全好事

草木借着明月山抬高自己

动物借助明月山隐藏自己

明月山抬头,只借月亮

就提亮了身份

白塔寺

天空辽阔,信仰让一座城聚气

来过的人,领养不同的宗教

又各奔前程,把笃信

放在心里日夜呵护

即使灵魂得不到救赎,也能领走

最温柔的安慰,成为心中的定海神针

白塔寺的钟声总是在清晨

敲出一粒粒警句,也敲出访客

心中的孤独和空旷

天空落雪,心底有一小片

净土,正悄悄松软

只写那些
看不见的(外二首)

(宁夏)虎兴昌

我只写,看不见的

比如,盲人眼中的世界

一条黑色河流

清晨,谁看见过寒流

包括乞丐口中的香烟

想象误入眼帘的风

在吹拂着脚下求生的草木

它们的根部,有一群蚂蚁在唱歌

即便它们不知道,明天的食粮在何方

依然歌唱不止

投向黄昏的爱

这一刻，月挂西空
一个男人村口发呆
摇晃的枝影
像清水里的面条
淡淡的盐香，随风四舍

多少女子与饥饿在傍晚光映中
演说世界
想象，一路那些投向黄昏的爱

桃花落尽青山

桃花落尽，青山在
我看见六月麦穗上的蝴蝶

有人从不爱花草
不是血冷，只因百草属药
药有三分毒

春天里的风也一样
午夜一丝寒凉
桃花怎能受得了屈辱
将红全部献给黎明后
背负夜露投奔大地

入林记（组诗）

（辽宁）北　君

入林记

我想我已抵达这里
在这里，蜿蜒的小路蛇一样
隐入山林，林中飘来草茵的气息
轻易地阻拦了城市喧嚣
和一路风尘，一溪涓流从脚下
溢出，网状青苔漫上青石
更高处的天空，被绿叶和鸟鸣填满
密林深处，倒伏的枝干横斜
拦我，一丛丛黑木耳
如幽冥的耳朵，似在谛听穿林的麋鹿
众鸟归林，引发一阵骚动
谁蹑足潜行，绕过荆棘、困境
绕过捕猎和陷阱：嘘——
一个神秘的随行者
隐去尘世外衣，将我挟持

空　山

峰峦。溪涧。密林。松风
斜射的阳光，粘稠得如同松脂
粘住蝴蝶的翅羽和虫鸣

一溪涧流时隐时现，进退维谷
一棵倒伏的树，拥有归隐的灵魂

寂静。来自一只悬浮的鹰隼
与山谷的对峙，来自岩柏的张力
和它盘旋向上的稳定性
归鸟入林，翅膀驮着黄昏
黝黑的眸子里，有清澈的虚无

偌大的空山，装不下人间烟火
一座森林，容不下一个人的刀斧

虎　态

就说说这伏卧的山脊吧
说说这斑驳的虎纹。一只虎
被起伏的山峦高度模仿
蹲守。潜伏。俯冲。飞跃。擒拿
虎的速度，被山势追踪
被山川草木临摹
所到之处，落木哗然
山菊交出黄金，枫叶交出火焰
流水交出柔软的骨头
一轮明月，给这只老虎
画出眼睛和闪电
画出它的疆域和王国
一声虎啸风生水起
伴着隐隐寒霜和落叶飘飘

木　耳

密不透风的丛林，落木萧萧
一截倒伏的枯树，潮湿、腐朽
滋生一层青苔，而在木桩的断裂处
钻出一丛丛圆润的黑木耳
大自然的天籁之音，你是倾听者
似在谛听穿林的风雨，黏稠的虫鸣
而在密林深处，一脉山涧溪流
在崖壁处弹响瀑布的琴弦
奏出金属的和弦，又隐入深谷
万籁俱静中，似有伐木声骤然响起
针叶形的尖叫，阔叶形的呐喊
藤蔓植物拉长惊恐的尾音
一些高大树木躲闪不及，轰然倒下
就在阳光照射不到的地方
一双手，正在取走森林的耳朵

山　中

一条小径，摆脱市井的喧哗
于曲径通幽处隐匿山林

进山的人支付半世沧桑
才赎回草木之身
一把生锈的刀斧丢弃山中
腾空的双手，握住一把鸟鸣

进山的人在山中迷失
也许是幸运的。有那么一刻
一只啄木鸟落在肩头
从大脑里捉出一只只虫子

松　针

一座高山，怎样顺从于天意
自下而上安排阔叶、松针
安排风暴、积雪，高于天空的孤独

松林披甲，以针为叶
立于高山之巅，独对峭壁和悬崖
针叶的冥想一针针向上
只顺从于风，涵养松涛阵阵

乱云飞渡，雪压松枝
事实是松针从大雪的身体里
长了出来

苇草、白鹭和我

秋根须已很深了，秋水很沉静
岸边的苇草挺一杆缄默
秋水照见了它淡泊的影子

一只白鹭收敛翅膀，停了下来
而我，恰好来到这里

暂时构成三角形的稳定性

秋水洗涤着苇草、白鹭
也洗涤着我，让我沉浸、释怀
仿佛我就是大自然的一部分

当我移步靠近，白鹭振翅离开
一个平衡关系被瞬间打破
只有苇草萧瑟，隐入无边苍茫

秋　水

这一弯秋水，来自长天吧
一大块天际的蓝，浸泡在水里
它的表情恬淡、平和
岸边苇草，举起霜染的荻花
与远方的蓝遥相呼应

秋水长天，时光微凉
那岸，越走越远，越走越虚无
那水，越走越低，越走越沉默
它一定怀揣着
一面自我观照的镜子

秋风也只是过客吧
它带走荻花，带走水面的微澜
顺便也带走了我们心中
断水的刀刃

啄木鸟

并非与木头较劲
尖喙利齿,并非是伤人的武器
生而为鸟,看到更多的虫洞
更多的衰败和凋零。枯叶蝶
从木隙中醒来,更深处的蚕食
以柔软之骨和隐身之术
从内部蛀蚀、掏空

真的需要醒木之锤,一下下
唤醒集体主义休眠
需要刮骨疗伤,剔除病灶
捉出蛰伏体内的虫豸

登山记

没人看见,你推着自己上山
你与自己较劲
有重心向下的危险性

上山的路,被石头、草木挤占
它们日夜不停登山
登到山顶的,一定是石头
站在最高处的,一定是草木

背着朝阳上山的人
总会背着落日下山
你有放不下的一块虚妄的石头
你是自己的西西弗斯

野花寂静

它们守着各自小秘密,自在生长
自在地红,自在地白,自在地紫
没有清规戒律,没有尺牍和教条
只有风常来关顾,有时是雨
让她们一时兴奋。摇曳。陷入恍惚
眼里闪着光,内心藏着波澜
风停雨歇,她们带着三分暗恋
七分落寞,又回归各自的本色
你红你的,我白我的,她紫她的
只是这一片令人窒息的花海
兀自呈现着,顾盼着,凋敝着
落红纷飞,心思成籽,寂寞成诗

清风帖

清风一盏,草木三味,白云一帖
可降躁祛热,疏解胸中块垒

远山也有高不平,却虚怀若谷
长河也有转弯处,置一湖淡泊

中年后只做三件事:断,舍,离
行囊中只留存三物:诗,书,画

允许登高把盏,山水写意,长空留白
再行一步就有空谷传声,清风自来

大风歌（组诗）

（甘肃）小 米

大风歌

最先响应这一场大风的是灰尘
欢呼着，群魔乱舞
它们又可以粉墨登场了

接下来是草
给风牵着鼻子四下里乱跑
胳膊丢了腿也弄丢了

树叶们使劲扯缰绳
树枝们都想骑着风逃走
树干也坐不住了
虽一次次努力要站稳
却又是左右摇摆举棋不定的
根暗暗地揪住了它们

藏在泥土里的根也有点儿蠢蠢欲动了
大地紧紧地摁住了它

大地也有点儿随时都想揭开盖子的意思了
天空蒙上了它的眼
地球忙用一根地平线焊牢它

我们的地球也似乎加快了转动
它想在风中飞出母亲般的太阳系和祖母般的
　银河系
像一只断线的风筝
仿佛那无底的黑洞一直都在召唤着它

天　问

当我乘坐电梯，来到六楼
我的人生算不算又到了一个新高度

徘徊在我家客厅的地板砖之间
算不算仍然脚踏实地？
算不算还站在我喜爱的大地上？

每天晚上我都躺在沙发上眯过去
算不算睡觉？

我睡着了
电视机仍在二米远的地方尽情表演着
电视剧和电视广告算不算我做的梦？

当我睁开眼
身边的人、周围的人、附近的人
不远处和远处的人，都还在沉睡
我算不算先知，或者，算不算我已觉醒？

关掉疲倦的眼睑
在夜色里，我又开始了习以为常的假寐
算不算一个隐居者？

衣服脱掉身体

塑料袋、玻璃瓶、包装盒、鸡蛋壳、西瓜皮
也有推荐肥肉瘦肉的猪牛羊骨头,和
藏着尖锐的鱼刺。也有菜根、葱衣、蒜皮、
　鸡毛
也有爱说脏话的泥土
也有生了锈的常遗尿的水龙头
它们曾经提着我们、抱着我们
它们洗净了我们,喂肥了我们
它们已经被剔除,被剥离
丢进了垃圾桶。不能挪动,不敢吭声
已经被弄脏、被涂抹、被啃食
被反反复复使用过
它们残损了、烂掉了、发臭了、扭曲变形
已经没什么剩余价值了,它们
被我们嫌弃,无处安放
等待它们的也只能是
火化、填埋、分解、碾碎与重塑
而我们是酒液、西瓜瓤,是蛋清与蛋黄
是揣在包装袋里的美味或零食
是快递小哥或外卖小哥送上门的必需品
我却觉得它们被撕掉、拆下、剥离
仿佛衣服,脱掉了身体

果子们的爱情

杏虽早熟却又是青涩的
它们藏在叶子里,遮遮掩掩,像高中女生
樱桃过于多情,只见了对方一次面
就连忙把自己变成了小妇人
我在野草莓打着的灯笼旁
找到鸟儿的尖喙、蚂蚁的嘴唇
我又在桃子脸上看到花开时的红晕
我看见苹果快要把胸衣撑破了
还要使劲,挺身而出
我看见梨子提着满满一罐蜜
仍觉得自己不够甜
我听见西瓜在唠叨,说是
爱一个人甜蜜又沉重
是一件了不起的大事情
后来我又问石榴
是不是真的爱上了燃烧的夏天
它红着脸,闭紧了小嘴,不吭声
甚至憋到秋后,天都有些凉了
才打开心扉,坦露满腹的晶莹

午　夜

所有的戏都演完了,江山退隐
踩着夜色,人们各自回家
像一个个词语,在一篇大文章里
各有各的落枕处

河流默默无言,独自走了
星辰高高在上,不肯下来
世界在黑暗中敞开,用不着规矩和绳子

我拆掉了灯光的纽扣
我关上了眼睑的闸门
耳朵形同虚设,手脚无处安放

嘴巴用不着发声
我摁住了失眠的我，躁动的我
我锁上了所有的门
又让自己大地般摊开

遁世者

他扔掉工作，去乡下的老家
独自一人，像一个农夫，却只在
自家偌大院子里
在各式花盆中，栽满了小树
他养的树都不及肩高，揣摩它们
要低头，弯腰，才行

他不许它们枝繁叶茂
也不许长大、长直、长高
他沉浸在亲自制造出来的微观世界里
他的坏心情也无暇溜到院子外面去

他迷上了危险的枝，扭曲的干，裸露的根
花不要太多，他的小树
几乎都不开花，更没有结什么好果子
他允许每一片叶子都吊死在枝条的悬崖上
他让风景站在阳光风雨中

他每天要花很多时间伺候那些小树
他让自己的后半生都湮灭在琐碎时光里

有一天我轻轻推开虚掩着的院门
却找不到他
只有一群群矮树，长成了人世的样子

落　叶

风中，是一匹老马
拽着叶柄
——那根绑了它一生的又细又短的缰绳
跛足而行

现在它已经自由了
却也是无处可去了

我听见尸骸刮擦地面时
咔嚓嚓嚓的细微声音
似乎坚定
又似乎犹豫
一路都在悄悄释放着——
它正在漏掉这一生
从未跟人说出来的，所有的疼

下　午

天下蛋
下了个下午

回家途中
蹂躏了道路，看出了光谱
汗水沿着紫外线咬过的地方一粒粒渗出来
我已流不出血了
我让身体一边流水，一边挪动，一边干枯

开了门
我被家吞入

我做我吃的。
别人做饭为什么非得让我吃?
我爱吃绿色、肉色、豆腐色、蘑菇色和木耳色
我忘了自己还是一个老色鬼
饱是满足,不饱就是不足
喝酒醉酒喝饮料解渴都仅仅是小儿科
喝汤才是大境界
喝水是人生最高的境界
更大的境界,如菩萨如佛,不吃不喝
迷上了香火

吃完饭我还得自己收拾自己的残局
烂摊子一般都是没人愿意帮忙的,万物都愿意
听之任之

我还不想由着它们的性子

都是静物,除了我

抽空
我看到了我
又看了看窗外
我发现世界是摊开的,静止的
不像我,它们似乎是无欲的

骨子里渐渐地抽走了骨气
眼睑沉重
躺在床上看书
等于绵羊吃草
等于麻雀啄虫
有时候又等于水母吞下了半头虎鲸

仿佛水母仅仅是虎鲸的一顶戴歪了的小帽子
仿佛我是那虎鲸

脱衣服午睡
——如果能够脱掉皮肤就好了
如果能够脱掉脸面就好了
脱掉远方
也不是不行,但我不想脱了它
只要进入睡眠状态就行了
只要人们觉得
我仍舍不得割掉自己的瘦梦

居然无梦
什么也没有梦到

当我一觉醒来
河流了大半截
夕阳已成熟
人生又从暮色始

半夜鸡叫

一根鸡鸣割破了夜色
又被夜色飞快地缝合

没有伤口的夜色
也没有伤疤、也没有伤痕
它又表现出浑然天成的完整性

只那细密针脚,已经缝在了
我的回忆里

地平线在复苏

（组诗）

（福建）禾青子

自深夜，至天明
我一直没有看到鸡
我不知道它是一只什么样的鸡
有可能是
跛了一条腿的、折了半边翅的
或者是，已剪掉满身
羽毛的？

我能确定的仅仅是它
被什么人
关在不远处的笼子里

冲　动

仅有一个月亮是远远不够的
夜色还是那么黑
如果小星星们能一天天长大就好了
对未来的所有夜晚，我也就有了希望了
有时候，夜空里
那个仅剩的月亮也迟到了、早退了
或擅离职守溜号了
我对星星们成长的期盼，就更强烈
哪怕只有一颗星星快快长大也好呀
但我抬头仰望
满天繁星，都是一副躲躲闪闪的表情
那一刻我真想飞到天上去
把那些毫无自信的星星们
用一个网兜全部捞出来，狠狠地扔进垃圾桶
我恨不得自己的
每一根毛发，都变成巨大的光柱
我想让月亮也惭愧得，无天自容

彗　星

这是从未解决的对话
如何跨越彼此间重重阻隔的光年

在对与自己相似的灵魂的期盼中，
　　又如何看待这
历久形成的，不明所以的离心力

被缺席，被忽视，我能接受
光芒来自更可怕的黑暗和冰核，我也能接受

一定有一颗真正属于我的彗星
我还没有能力将它从内心深处召唤出来

今晚的月亮

它比我快乐吗？
永恒的光亮之物

经历这么多年仰望领回的
感官苦行

是想迫使我的笔写下
我的内心不够圣洁吗?

闪烁的草地、沙滩、海洋
并不令人满意
弗罗斯特与李白取走了他们想要的
　词
而菜地上的弓形虫
继续缓慢的，正确的道路

照着后背的月光
来自黑暗中晶莹的门环
因为今晚写下的每个词
清晰地站在生命的这一边

曙　光

多好呵，经常能从同一个方向
看到地平线在复苏
使遥远的事物变得亲近

使我这个一直为自己制造时间的人
也得到短暂的休息
耐心地观察你是如何蔓延
如何让我身边的黑树枝也晶亮闪动

将万物改造成你喜欢的样子
我同意以这种方式唤醒皮囊
让它们相信，我只有一个自我
在完成一种可循环的生命

鹊　桥

当我焚烧信纸时不曾想过
对一个人的爱情
如果仅剩几分钟，几秒
那些火苗跳跃着冥河的航标
黑发少女的船啊，彼时
我像离岸的夜色中
苍茫之灯影

彼时。爱也曾是玫瑰上颤动的晨露
紧张，羞涩，小心翼翼
徘徊在黎明的短暂舞台
灰烬还不是最可怕的
而时间难以加深这种痛苦
——我后来才相信

上帝收回了绿色邮筒
就像移走一盘蝴蝶兰
一样容易。它使我们渐渐疏离
最初的爱和对待爱最佳的
纪念方式。即使求诸于中国的神仙

鹊桥，是否出现
也只能依赖着水泥，钢筋，混凝土
旧爱经过，它都纹丝不动
摇晃的却是大地上
石化的人心

月亮这一把老骨头

废布一样的天空
星星也是被缝下的针眼
月色垮了，信仰散架
只适合对着灌木丛，自渎

我们不再有清澈的眼睛了
像城里疲倦的车夫苦寻了一夜
却摸不到一枚心灵的铜板
月亮这一把老骨头，高悬头顶
早被天下苍生，啃了又啃

月 亮

离开云朵的白色病房
月亮走下
医院的楼梯
靠近我的鞋面
木栅栏避风的吸烟处
一个把玩着火星的人。哦不！
他在吞火
深夜发生了什么
白衣天使将推车
拉进彩色漫画的走廊
月亮照见了一个人
一会儿羡慕着生，一会儿忧虑着死

日 晕

我不记得是在哪一年
也像今天这样，太阳陡然放大光晕
惊呼中目睹庞大意志的一些朋友说
我们来写诗吧，以此为同题

没有谁真的写出来
所有眼睛都曾朝对着
突如其来的异象
既想长久凝视。又担心会被灼伤和感到头晕

当我们弄明白
只是一次难得的日晕现象
时间最终会理清它的秩序
圆圈里的太阳，仍然是唯一的永生者

我们又缩回了心灵的边界
在黯淡的生活中各自挖掘着

流动的岛屿（组诗）

（四川）涂 拥

我想要的孔滩

孔滩的孔必须与孔子有关系
不能让两千多岁的老人
还在川上曰：逝者如斯夫，不舍昼夜
得给他一杯五粮液
喝出不同流水滋味

隔壁镇子的赵姐姐
不必花木兰，只想你站在溪边
亮出一头秀发
唱支山歌给人听
青山唱绿后，那鸿雁也就归

藏在山洞中的娃娃鱼
我要全部放回河里
包括池子里的小鱼
它们来自远方，还不懂忧伤
孔滩只允许溪水清澈

数岛屿

透明的湖水，绿出众多岛屿
我站在船头
数着一个又一个春天
远远不止一百零八座

我还没算往事的残枝
也没将落叶纳入其中
只是看到鹭鸟
带着翅膀，成为流动的岛屿

这样数数似乎仍不够
鱼虾游动
躲闪的小生命
也努力想占有湖中一席

这样岛屿应该有一万零八座
不！还漏掉一个，此时我也在水中

壶口途中遇雨

从运城到壶口，平原到山区
带着跌宕起伏的期待
将自己装进空调
暂时避开相逢的炽热
没想到快到目的地时
迎接我们的还有一场暴雨
似乎峡谷中黄河
吼着要上高速。许多人都没准备
要与暴雨同行
车如飘浮在黄河上的船只
变得不安与谨慎
抵到景区，暴雨却突然停止

只看到山西陕西，天上地下的水
兴奋奔向壶口，迎接沸腾
来自四面八方的人流
也汇集两岸，随黄河欢呼
声音也不亚于一场大雨

普救寺记

千年筑成普救寺
百年才走出一个崔莺莺
来不及烧香拜佛，我们
直奔梨花院
看莺莺如何"惊艳"
"拷红"中是否又出新唱词
"谁说天下寺庙不谈情
普救寺偏偏有了《西厢记》"
我们赞叹寺院恢宏
更佩服月下隔墙吟诗
只是黄河已经走远
蜡塑人像太干净
忍不住打量车上同行者
有一个真像崔莺莺，其余的
应该多是红娘和张生

鸵鸟走了出来

鸵鸟也学会了随遇而安
当它从非洲沙漠
转身于山青水秀的地方
便不再奔跑，习惯于圈养生活

我们相遇时，鸵鸟正低头
吃着从外面递入的草叶
世界柔软得像它脖子
没有豺狼虎豹
鸵鸟可以把长腿当作拐杖
也没风暴，翅膀无需方向

我们忘了鸵鸟速度
能够闪电般飞翔
放心打开栅栏
让鸵鸟出来，慢慢走近人间
好让大地有耐心
称出一坨鲜肉的重量

观　蝶

溪流中有一块石头
一只蝴蝶飞上去
又飞走了
只有另一只蝴蝶飞来时
它们才肯停留一会儿

也不理会
旁边还站着一个人

大地物志（组诗）

（广东）萧一木

丝 瓜

邻家有女初长成
出落成微笑的形状
她沿着一根藤蔓在奔跑
满脸皱纹的老木桩喜滋滋
抖出积攒在箱底里的灿烂
装扮成眉开眼笑的"圣诞"

阳光碰着花的酒杯叮当响
她在大碗叶的绿潭沐浴月光
日子清贫似溪水一样清澈
她的脸上漾满幸福的光泽
勤俭持家勤为本
蜜蜂是她的意中人

这日，闺蜜蝴蝶不来
粉友"直升式"蜻蜓不飞
她独个儿在藤蔓上练花旦
你看她踮着脚丫
走得喜鹊一样美丽
款款而来的春风
一把将她抱入皎洁的门庭

红 薯

红薯的生命永远那么简单而茂盛
三月，母亲与姐姐在堂屋剪薯藤
把它们插进土里，就会扎根、繁衍
荒寂的土坡演绎成生机勃勃的世界

红薯在黑暗里运行，发掘，寻找
像父亲一样闷不做声
青青的薯叶是活泼乱跳的小姐妹
它们在阳光下奔跑，风雨中燃烧
把贫瘠的日子过得如此丰盈！

红薯是岁月摁在土里的灯盏
默默消化大地上播种者的苦难
所有的阴影都不过是晃眼的风
一家子齐刷刷，密匝匝
一个劲地将绿往前铺
把生活铺成一团柔软的云

红薯憨厚的模样是幸福的形态
你看它一脸寂寞，又一晴万里

麻

麻，是一种从自己的伤口长出的植物
它不需红薯、包谷、瓜类那样一年一种
收割后，只要将根茬留在那里
来年的春天，就会长出红红的叶长长的架

麻似庄稼人起伏的命，有种与生俱来的韧
挑谷的箩索，纳鞋的线，粗布衫，细纱帐
都要用麻
也只有麻才如此经得起磨，耐得住泡
麻似村庄披在身上的黄昏
薄寒，微暖，风捣不散

麻是纺车一生走不完的路，唱不完的歌
唠不完的家常，纺不尽的梦想
夕光里，土墙下，三五围坐，纺线理麻
炉火跳跃着饭香，母亲眯拢着皱纹
缓缓将岁月悠长的疼痛穿过生活的针眼
那年秋天我上高中，姐姐出嫁
纺车悠悠，旋出母亲细细的白发

麻，母亲斜过灯火那一缕悠长的体温
父亲拴在命运里那道解不开结的牛绳

虎

虎吼一声　百兽震惊
生态的变化表明
有虎
才有百兽的平安与繁荣
没有虎的时代鼠辈横行

虎举步沉稳　无猴之匪性
　襟怀磊落　无狼之心计
一生爱憎都从眼里透显分明
虎凛然一视，总有人不寒而栗

风乱，怀念虎吼
俗浊，盼望虎视
虎是天地间的一种宗教
令心怀不轨者闻吼而止
心有弥尘者受视而省

如今，虎成了一级保护动物
多么不幸啊
我仿佛听到一声遥远的虎吼
恰似一轮苍茫的落日

桥

他人不敢想象的地方
你选择了

青春从脚下一节一节地流过
沉默永远在构思远方的主题

脚印是你的语言
河流是你的诗吟

超重的生活
无休止地向你压来
你昂着头，紧握路的手

桥啊，历史的丰碑与你远离
你毫不言语
唯让自己忠诚着脚下的土地

用石头的沉默说话（组诗）

王崇党

字 相

娘一生不识字
但却能正确辨认我们兄弟几个的名字
如同她认得我们每一个

娘去世前，我在白纸上给她写了三个大字
她摇头，说不认得
我眼泪不听话地打湿了纸上的字
那是娘的名字

真 言

娘今年去世后
我的心里突然落成了一座金光灿灿的寺庙
每日里，我在寺庙里
扫除落尘，念经打坐

路遇不平心生绝望时，我就念起经文
一切就奇迹般地复归平坦

所有的经文,只有一个字——
娘

衣　钵

那些原来父亲在的地方
现在都空着
像一件透明的衣服

我走进去,自然地穿起它
成为了父亲

黑渡口

两岸树影婆娑,每面旗子都不再坚持
风一吹,一锭锭的黄金就落满了湖面
被水流运走

人们在过黑渡口时,都戴着口罩
把衣领又紧了紧

我发现那条小船已成为一枚滑动着的钮扣
广阔的水面如一个方程式
正在被一一解开,又露出了一个更为广阔的
　方程式

一个不存在的人

有一个奇怪的人
他没有形状,没有骨头和血肉,没有温度
也不占用空间
他一直在别人不知道的地方
伺机行动

当他看上一个人的影子时
会在别人离开的一刹那,进入别人的影子
把影子留下来,用来复活自己
只是这个影子总也不能长久,随着风吹日晒
会慢慢消散

当你看不到人,只看到一个移动的影子时
不要四处张望,只需快速离开
别让他盯上你

我的样子像一场阴谋

我为什么不是山的样子
树的样子
蝴蝶或鸟儿的样子

无法逃脱夜晚和白天为自己挖好的穴
连思念和梦境也都如深穴

陷入这俗世生活——多好的模具啊
我如今的样子,看起来像一场规模宏大的
蓄谋已久的接力完成的阴谋

敲 击

一个人
不间断地敲击着
想从一个幽闭的空间里出来

有时，他敲击得快一些
有时慢一些
但他总是不折不挠，从不停下来

很多时候，我根本就不知道
他在敲击
当我静下来，关注内心的时候
才发现他是那么顽强

当他，终于停下敲击
我就像一块被突然停止敲打的铁块
迅速冰凉

用沉默说话

星星，云彩，石头
都在说话，只不过说话的方式是沉默

今天该我和石头互换身份了
我也得学着用石头的沉默说话

出门被人踩了脚，我咬着牙想我是台阶
摔了一跤后，我又用血液为自己染了
　一面旗帜

鹰峰山阵地

姜金城

72 年前

硝烟还没散尽
凝固汽油弹仍在燃烧
战壕蜿蜒着战后寂静
鹰峰山的雪峰
沉进晚霞和血色的光焰

挖开厚厚的冻土
掩埋了牺牲的战友
我们的泪落进战友的血迹
立刻融化了积雪
渗进初春的泥土

为了阻击敌人
我们在鹰峰山坚守了 16 个昼夜
阵地上每个掩体
都洒着战友的热血
那炸毁的战壕
仍回荡着生命的绝响……

战斗结束了
却不愿离开阵地
那么多战友

永远留在鹰峰山上了
脱下军帽
默默告别
承受失去战友的哀痛！

阵地上好静啊
寒风也停止了野蛮的呼啸
没有炸弹的爆炸
没有密集的枪声
汽油弹的残焰
点燃山头迷蒙的天空

走下鹰峰山
却走不出这片阵地
故乡的嘱托
祖国的召唤
就是我们的铜墙铁壁
高昂的斗志
必胜的信念
就是我们强大的火力！

鹰峰山阵地
是血染的生命记忆！

72 年后

山泉飞溅
林涛奔涌
鹰峰山仍然雄伟屹立
像战友挺起的胸膛

迎着春风
山坡上开满了金达莱
血育的花朵
映出远去的炮火硝烟

我们的阵地呢？
我们的阵地怎么不见了？
战友的墓地呢？
战友的墓地怎么不见了？

缭绕的云雾
深情
怀旧
相邀一年年冬日的积雪
悄悄覆盖了吗？
盛开的金达莱
鲜丽
清新
挽住一年年初春的花期
深深珍藏了吗？

难忘在战斗间隙
我们吞着炒面和积雪
曾认真地约定：
等战争结束，凯旋回国了
无论分散在哪里
仍相邀来鹰峰山集结
看看我们的阵地
会会牺牲的战友
再卧一卧掩体

再守一守战壕

重温战火中的青春……

想念牺牲的战友

只能在梦中相见

他们还是那么年轻

18 岁，19 岁……

心相连

血相溶

战壕里我们含着泪

紧紧拥抱……

啊，梦中短暂的相会

竟是久久难忍的伤痛

鹰峰山阵地

是阻击战争的前沿

严峻

残酷

用坚守和牺牲

向世界诠释了战争与和平！

鹰峰山阵地

是捍卫和平的宣言！

2023 年 7 月
纪念抗美援朝战争胜利 70 周年

白　鹭（外四首）

蓝无涯

在南方，弯曲的溪水湖泊

和林木隐隐的稻田里

会时不时地腾起一簇簇白色的火焰

和闪电，它们飞掠过的风和气流

切割着金属的天空

翅膀收拢或展开

小小的喙，剥啄水里的鱼虾

和水外一双双窥伺的眼睛

它们沿着梦幻和现实的小径

悠闲地漫步，每一声鸣叫

都长满白色的羽毛

在南方，一个眼含泪水的北方人

会轻易地被它们倾倒

五月的水边，它有着一种惊心的美

和力量

黄　山

沿着这条曲折迂回的

梦，寻幽。迎客松站在必经的路口

用清虬苍逸的枝条

临摹风，临摹出世的行云

万顷云海，数潭温泉
滋心肺，涤杂秽
洗尘世的污浊

一粒鸟鸣啼醒残梦
谁停在半山腰的栈道
像我此时的心
陡峭，壁立

望 乡

今夜，我病了
在异乡寓居的楼台，瘦如秋风

就着那一盏千年不熄的月色
聆听江声，雨声，和来自哪座寺庵的梵唱
一声，两声，千万声
声声都打在心上
打在我心上那个叫做芳兰的小村庄

风吹老了故乡
风吹老了月下绵延高耸的山梁
风吹得一颗心空空荡荡
门前屋后，对窗独语的
可还是娘旧时的模样

我真的是病了，无可救药
抓一把故乡的云
当做一生的口粮

褪色的月光

今夜，我在上海
微雨，没有月亮
我只能在手机里
看故乡的明月

那一定是悬挂在枝头的果实
汁液清甜，醇香
咬一口
醉一生

一滴雨是孤独的，而一场雨
是更大的孤独
此时，你柔柔地附在耳边
说只有我听得懂的方言

夜色浓浓，我不说话
我怕一开口
这唇间的风，会吹散我
一千多里的梦

春天远去
——读诗集《春天远去》兼致黄晓华兄

那是个明亮的春天
那是个明亮的午后
我在花香弥漫的窗前
静静地读你和你远去的春天

君在何方（组诗）

薛锡祥

读你在东天目山悟"溪水浅浅，禅意深深"
读你在徐渭故居"任青藤呼吸，石榴老去"
读你在瘦西湖听一曲"潇潇雨歇"
读你在一杯茶中"喝出月光的味道"
你的诗中，处处江南
处处晓华

掩卷沉思
酱园仍飘在你的梦里
分不清是酒香，还是酱香
你读江南山水，春天浩荡
我读你，读时光慢下来
慢成一声深深的叹息

而今，又一个春天来了又去了
该怎样才能再见你，我的兄长
也许就像你笔下的那"两朵雪"吧
相隔五百里，相隔一本诗集
一朵是你，另一朵
是我永远的缅怀

备注：引号里的句子均摘自黄晓华诗集《春天远去》。

秋之明月

举杯对天
还未邀请
秋之明月迫不急待
翻个跟斗
急速下滑
一不小心
跌进我的酒杯
我不知道
是先喝桂花黄的月色
还是先喝玫瑰红的果香

月亮因酒而醉
我因月光而酣
醉月的清辉
在杯中晃动
将晃来晃去的我
晃入岁月深宫的落地窗
一不小心
撞成内伤
和前世干一杯
和今生干一杯

秋月下的乡愁
是与自己对饮的琼浆
伊人何在
怀抱琵琶的远影
却不见她纤指揉弦的面庞
乐曲飘落如梦如诗
酿造封存的老白干
我左闻右闻
这才嗅明白
她属于我的开心酒
在我的酒壶里发酵
等她开启
择日还乡

君在何方

半边月亮
从光阴里飘来
另外半边
在岁月里寻找
终于看见
属于自己的圆

两个半边走到一起
发现她中还有他
命运不该伤别
何必孤独自己
她的漂泊源头
是在初一，也在十五

十五是个约定
约定圆满的渴望
圆满的追求
圆满的梦
圆满的祈福挂在九天
这一半和那一半
都听到彼此的默语
我属于谁
你呢

人，并非残缺
残缺的，是内心
人间的完整
是这一半和那一半相互的补救
缺一不可
君在何方

并未合格的舞伴

一枚红叶告别青枝
步踏丹霞
独舞星海
转身邀我为伴
回旋在岁月舞台
我并未合拍
走着我的行走
凌乱了大地目光

一个斜视
秋韵纷纷滴落

一霎那
万紫千红落我满身
我便成秋

秋也转身
带动我的右臂
像一只陀螺
在原地转动
而陪我旋转，
还有满天彩云
遍地黄花

宇宙外面

银河对岸是你
你的对岸是我
我的桂花树、鸳鸯池、玫瑰庭
复制了地球上的桃源

我在彩云走廊
在仙雀巢下
踏着瑶池舞曲
与遥望的你
伴随心跳的节奏
跳你我相互感应的探戈

美人靠上的恋侣
是外星族的小妞、小哥
西湖伞摆在湖滨
伸脚的地方不是西子插足之地

我并不诧异
宇宙外面还有宇宙
我的外面还有我
从地球上抛彩球

与月亮攀亲
把嫦娥妹妹接回家

飞船，是移动的花轿
抬花轿的人
一头是我的羽翼
一头是你的翅膀

眼睛的位置

目光闪烁我的眉宇下
我却看不到自己的笑容
黑宝石珠子转动我的心灵
只觉得我的眼睛不在脸上

如果将眼睛换一个位置
我更不知道我是谁
如果没有镜子帮忙
或许我猜想我长了你的面孔

距离与方向的配置
决定我行走方式
习惯于向前、向左、向右
不习惯向后
因为后脑勺未长此物

向后看，还得转过身来
否则，怕要扭歪脖子
眼珠子不等于屁股扭转
坐在原地需要挪动
否则，就环顾不了四面精彩

梦

如果将梦吹成气球
也无法吊起公主的花篮
梦的双桨划不动船
一叶小舟载梦
却未能划进月宫春江

我的梦挽你的梦
提一壶三月杏花雨
九月桂花香
给三伏冲凉
未能摸得着一滴水珠叮当

花伞上滚太阳
滚进了李白的桃花潭
午夜陪同月牙逛街
逛到紫藤下不觉得有多爽
梦在水里泡影子
何时爬上三丈翠竹墙
梦中的我
醒来却是你
你的梦
却不在我的单人床

我和我的影子

在阳光里
我听到了影子说话
离开了阳光
影子以沉默的方式告别我

纵然走到一起
也只能时分时合、时聚时散
我从来不挽留影子
他不是我的一路人
我何必与他同框

雨巷新景

一条长长的雨巷
穿行古都

斑驳即是红尘

（组诗）

金玉明

我的思绪被拉细一千年
一千年，一位瘦瘦姑娘
风一样轻盈从这里飘过
她沾水的长发一甩
甩进左壁的窗户竟然是她弯弯的口红

雨巷并未落雨
身旁走过的小伙
竟然感受到有惬意的雨点

竹　吟

少女，择我为箫
时间，在我身上钻孔
红唇，吻我吹奏
带泪的音符滴落
便滴湿了西施的长裙
且歌且舞

竹海恋春
花溪流韵
红蝶醉梦
翠鸟追风
闻箫皆动容
一根根纤纤柔指
抚摸我空空而又破碎的心

在甪直，寻夕阳未果

谁都希望在古镇街口，石拱桥下
遇见夕照，斑驳着柔情
据说有古典的美

午后，去甪直途中憧憬
"黄昏落于黛瓦，散于青泽，光芒含蓄
……"
可惜晚于一场雷阵雨

可遇不可求，姑且坐在木格窗内等
来一杯碧螺春吧。听弹词软糯，看雨打芭蕉
时空丝丝入扣

在甪直按图索骥寻夕阳，未果
却落入雨的俗套
不现代，也不古典

黎里，岁月静好

在黎里，我默念一个词：岁月静好
除此之外，我只在河的风雨廊下

看左右的石板桥，如何绣出静好的古迹

江南的风骨，沉浸于墨一般街坊
小巷曲径通幽，通幽处，遇见斑驳
斑驳即是红尘，却标记着历史

小镇的烟火气，总有古寺钟声相伴
沿这一脉水溯源，大把大把柳亚子的词牌名
悬于门前的老樟树，成了谜面

过往无需追寻，也不遗谜底
当下就是之初砖砌石垒的盼
在黎里，欸乃橹声平仄成：岁月静好

在洞庭东山小隐

这世间最慈悲的，必定是满山的秋
它守护着渺小的枇杷花
在山道向上，又遇一位故人
碑上刻着民国字样，早已小隐隐于野

在莳山，禅寺同样镇得了妖
紫金庵各显妙相
再深入，去雕花楼问一杯碧螺春
它知道得最多

当然，愿不愿意说那另当别论
落叶缤纷，你说是禅意也行
随地的石块都有着旧石器痕迹
所谓的掌故，在一路打听一路遗忘

在南浔寻古

寻古南浔，你不可能不首先说蚕
它们蠕动着几分禅意，最后作茧自缚
如商贾

大宅第无一例外的高深着中式围墙
掩藏不可为外人道也的崇洋
在今天，看似文化

这世道，繁华没有尽头
灯火阑珊处，小莲庄荷塘月色
不过物是人非

在留园，想起有个词叫
　　　　小家碧玉

我相信，留园最对得过去姑苏的小家碧玉
不与沧浪亭争锋
在阊门外，静若处子
任凭伍子胥壮烈得大家风范

迤逦莫过这长廊，与燠阁凉亭缠绵相属
木樨成丛，依墙四五百年
听墙外金榜题名、洞房花烛
遗故事，留矜持

最好的留园是这样的秋
草色终成主角，也低眉而婉约
所有的筑造本来就没有灵魂可言
只存放最初的理想

在苏州

雨后石板路,反映着月色、灯光、跫音

梧桐枝繁叶茂,对仗灰瓦白墙
老戏骨字正腔圆,从某一个窗内传出

他的尾音悠长,似乎可以拖到天亮

在西山宿

落日太快,且昏黄
不知猴年马月建的旧亭子塌了
这老树,有一半的根盘根错节在峭壁

水汨汨东流
过秉常村,顺着暮光,归于居山林海

整个西山被隐匿起来
我如坐于船,风过,涛起如万顷拍岸
波澜跌宕,整夜不息

天明,我去叩罗汉寺山门
只念旧恩

惠山古镇,所寻的皆在当下

放眼远望,樟树在绣嶂街成排成荫
宝善桥站立几百年

山里的古寺,只透出钟声
不期而遇乾隆的轿子
从龙头河岸起驾,说是去寄畅园喝茶
林林总总的古祠堂夹道恭迎

幽深处,施墩先民复原垒石和结绳
几只鸟在这里觅食
山的东北坡,黑泥把今古塑得一团和气
万物皆在时光里来去匆匆
精神层面的在追求物质
物质丰沛后的世俗在攀援精神

在溧阳

去瞻仰一个古村落,开了五个小时车
最后一公里曲折且窄,需步行
这头会爬山的水牛没被栓
它站在村口,如肩负捍卫邑的士
温和又拒人千年之外

其他镜像都无一例外刻在斑驳里
粗粝不应是古朴
侵蚀具有沧桑属性
穿堂入室的水,是历史活着的脉络

衰老的还有这些树
久远得,年轮已无法标注生命
它们比村落高过一头
因此有资格懈怠着蓬勃盎然的动力

向虚而行（组诗）

刘国萍

黄昏的箫音

黄昏里的箫音，有些浊
这种浊，与蚀骨危情的感觉相似
与暮光的铜锈相似
也与晒秋后，草木不可阻止的枯败相似

秋天，好比一幅褪色的板画
被溪水阐述为流动
由此，关联到诗性和宗教
关联到镜泊湖中的列王和诸神

内心的玄妙之地
已被齐唱的鸟声占据
从麻木的听觉，和落日的沉坠里
我抽身离去
一只白鹭啄开湖面苇草
洞悉了我的冒险行为

在庭院里

在你姓氏的庭院里
你观照了自己的虚实世界
时间折叠为黑白，挂满灯笼花的絮语

乌云，去内心赶集
模仿背景上的万马奔腾
风被赶入宣纸，倒带了一江秋水向西流

晾衣绳上的旗袍
还原风的曲线之美
灰鹭，啄出往日的今时
让你分离的身心难以弥合

你从莲花缸内捡起白月
捡起一张陌生的脸庞
却望见水天空，一双红菊的眼睛
将我解读为百年前的一篇铭文

秋日物语

秋日的物语，被鸣虫颂读
悲伤的像一卷悼文
路灯成了岁月的旁观者
它们的表述大同小异，缺少纵深

虫蚁一地签名
却没有蝴蝶效应
我们原先的立锥之地
迁空后，伫立起一座雕像

风与缝隙私语，话头里藏有锋芒
老墙壁的招风耳朵，已经止听
但壁虎仍在偷窥草民的是非

平行路上
人们的追随变得一意孤行
一场时间秀之后
所有名字都将遭遇拆卸

扪心自问,轻飘飘的几个笔画
怎么会撑起如此沉重的人生架构

秋 事

一个采了桂花蜜的动词
以蜂蝶之态乱谈秋心

本来,这是秋风秋水的隐私
却被它广而告之
在止语的法则面前
它自己陷入自己的背叛

残秋,经历一场整形手术
应验了乌鸦的预言
丢盔弃甲的影子,挟持某种意象
逃入空镜真实的时刻

无源之水,被满月封印
反噬到往事本身
让流逝的时间,枯见浅现的尽头

那里,有无门之门,一个雪人
摘下自己的白色礼帽
给归宿的散灵,谦卑让行

怀 疑

仲秋之后,物性暗生涌动
同时诱发人的怀疑情绪

比如,怀疑树枝
是向天诉求的残指
怀疑自己飘忽不定的眼神
遭遇截断,嫁接给盲区

水中提灯的影子
被怀疑,与一阵远去的咳嗽有关
蚀夜之色出轨于梦魇

怀疑一部典籍
被我读成无字天书
洞悉里面驰过的车辇华盖
去合谋往事倒灌的洪水

一个影子翻过骑马墙,被怀疑
是去割让切身利益
有重明鸟*,从想象中飞去

*重明鸟,又名"双睛鸟",是传说中的神鸟。

在北方

秋冬之际,总是感觉
有一些不可抑制的东西
要从破败的景象里,解脱出来

天穹配了灰玻璃
让密林的倒影，逆向蛮长

陷入沼泽的枯枝
像白骨，供告密的乌鸦栖息
灌木林的篝火，让女人的呻吟
成就了隐忍

超过两行归雁的悲鸣
有觉悟者向虚而行
一骑绝尘，他偷盗了鼓点的蹄声

风薄且尖锐
足以游走骨膜，让骨肉分离
即将到来的凛冬避无可避
与其说是一场严酷，不如说是一次考验

下 棋

你到紫竹林找我下棋
身穿汉服，让我甚感惊奇

下棋是一件忘我的事情
下着下着，时间也忘了我们
棋盘上空间转换
让我们与仙鹤为伴，以巅峰青天为背景

下着下着，闪过童话
闪过真觉之门
进入了古画残卷，进入了空明境

下着下着，捏星辰为棋子
捏笑声和朝露为棋子
捏茶尖，龙气、蛇信为棋子

下着下着
你说："很久很久以前，我就认识你了"
穿过寒冷的回忆
我摸到自己的初婴之啼
摸到返老还童的你

坐看云起

我看见秋天的尾巴了
它将带走闷热、裸露和残景
带走一批花裙子及我的内心眺望

白头翁口中的啁啾
是一个即将转换的时空
万物在里面改头换面，但属性不会改变

甚至会出现一个
为美妙和危险同时相拥的动词
至于它们归向何处
夏蝉与霜露，有截然不同的解答

秋虫们急于囤粮或搬家
我借到一个空，焚香煮茶，坐看云起

张马村生长出来的诗（外四首）

沙 柳

身体漂流在柳河里
灵魂沉进莫家村
这条水系，让每根毛孔
都渗透淀山湖的春潮

与风同行
让柳河上的白鹭插上翅膀
放下奔波，融进柳河五月的晨光
随香樟的花味，羽毛般飘扬在风中

插一根诗歌的柳树
在柳河岸，扬起臂膀
点燃诗情，燃烧
直至涅槃

抽空那些日常
让所有的文字，骑上一匹快马
让远方的远方不再遥远

张马村的格桑花

张马村的格桑花很盛
每一朵都开满阳光
鲜艳的颜色，宣示自己高贵的出身

我以格桑花的心情走进来
大片的艳，挤得我难以迈步
就这样挤在一起，成片，成海
像五十六个民族那么紧密

对于我的冒犯，这些花从不退让
以盛开的姿态坚守自己的领地
让我不敢下脚

风吹过来
花朵摇曳一种暖，纤柔的样子
用阳光碰撞阳光，随风起舞

所有的花朵都鼓胀着

绿色走过返青
梅子就开始扬起的手臂和发丝让枝条延伸
那些花朵盛开，之后都鼓胀着
已经孕育了一个春天的念想

风开始从正面转向，带着湿润的甜
阳光如你扬起的手，掀开我轻薄的衣衫
鸟鸣婉转透出热恋的兴奋

张马村立夏之后蓄势待发
只等这场坐果的雨

拈花湾的小阳春

整个拈花湾都是花
"拈"起来的

烟雨，在时间内部或者表面
都有不同展现
拈花湾是用花标注的

青铜的白银的金黄的时间
在花海里争抢花事的主角
她们商量着，渐变着
到正午，以蓝色为主
演绎深浅，桃花鲜梅林远

傍晚的描述就交给摄影师吧
那和颜悦色的湖，水的声音掺和着山的颜色
轰鸣成一曲花的交响

撒眼远望，湖深处
那么多船儿，如时光之梳
编织渔火，闪烁在湖湾里

我看见
飘荡着或者行走着的命运
在拈花湾里，平安行驶

有一队"红领巾"们
手牵手走过，他们一队队"踏春"
让水的温情，在三月里更浓

柔软的枝条

我站在离你一米的地方
看见你最初举起一枚芽
接着又举起一枝花

把日子，一点一点长进心里
整个春天浩荡在你的枝条上

你用绿色的柔软
举起花红举起鲜艳
告诉世界你有多么的美
你举起一群飘移的蝴蝶多么美

延展绿色
你举起枝头细微的果实
起初是一粒两粒
而后是一枚两枚
再后来是一颗两颗
你用自己的柔软举起生命
举起夏日浓烈的绿阴
举起成长

秋日里
我看见你举着最后几片枯叶
拉过秋风，跟她说了又说
直到最后一枚枯叶挣脱你

整个冬季你光着身子
上下起舞
像是在鞭打严冬
又像是召唤春风

一只鸟儿落在枝头
你上下颤动
举着富有弹性的生命
让生机无限

尽显天涯之心

（组诗）

陈晓霞

小 雪

秀气的落在纸上
具体的冷却在千里之外
阳台上的火棘
长着几十张热气腾腾的脸
让你看见凄冷中的热烈
庭前的麻雀
飞起、跳跃
捕捉生存的机会
而大花猫跟在其后
酝酿一场突如其来的意外
银杏叶躺出迷人的姿势
假如再丰满一些
就会出落成
浑然天成的华贵

此刻，北风来与不来
都无关紧要
今天，我不去想贯穿于人间的烟火
就写一写流落民间的小雪
你呀，在这样的节气

需要放慢脚步，再往前走
就要遇见大雪纷飞了

瞬 间

我用仰望来反衬天空
这个动作经常使用
让我对距离有所领悟
比如，我们有多远
一丈量却是等尺
时间一直在等待中停顿
新一年的桃花却孤独的开了
一部分凋零，必须面对
即使你珍惜每一次美丽
她们如飞鸟曾扑面而来
又即刻远去
不过这没什么
我们走过整个爱情
在一个落雨的午夜
想象着
霞光爬上山坡的妩媚

扇 画

初夏一早
你便从屏风里走出
坐在我的香案上
原谅我
一年的三个节气
让你孤独地度过

今日，我一提起
你便把心底里的凉抽出
活成大雅小雅的模样
顿时，风光绝四邻
对岸勒马驻足的才子
眼神里握着你的美
把乱了方寸
责怪为暗香

包括爱

已是三月，一草一木
尽显天涯之心
桃花不来 东风不力
春风渡那只小舟
摇晃着身子
按住心底河流
飘泊的情感至于水恩齐腰
去年赏花的那人
放弃打马走天下
我把远方送给你
瞬间就有两只蝴蝶
飞了出来

清　明

在我的心里
妈妈就安居在这里
早上迎着太阳看花

晚上对着星光入睡
房前屋后，桃柳招展
野花遍地

梦里无数次见您
而您沉默不语
我也问过
那只充当信使的燕子
可它不急不缓还在途中

那朵立在您墓前的小花
应该是新开的，如同美人踮起脚尖
在细雨中滑翔

此刻，您看春色已靠岸
人间多么温暖
您那边也应该是
芳菲碧连天吧

景致那么美，那么好
可我还是止不住的想您
想我们的曾经
想您一别十年，可安好？

我呼三声妈妈
通往天堂的路上，莲花开了
我拜三拜，天空明净无尘
妈妈，这里有春花秋月
我要用多少花朵、星辰
才能换得和您一见

中医诊断（组诗）

许丽莉

望

由阴转晴
发生在数周之后

厚腻的蒙尘，终究
禁不住风雨的一再催促和洗礼
从深处开出一朵淡淡的花
将灰暗的背景
调成暖色

一张脸
为此凭添姿色
包括腰杆和脊梁
身形和步履

长辈的教诲是认真的——
一切
依脸色行事

闻

关于这个谜案
你说出的每句话
我都默然于心

在举字成行的病历本上
蕴含细节的线索不断叠加
就如上涨的河水般
疑惑，却如杂质
上下翻滚而无法剥离

无数日常琐碎
被揉捏成许多植物的名字
忐忑地盘旋着

在等待真相溢出的过程里
我不能一再缄默

问

空气凝固在
被疑惑缠绕的笔端

关于
三餐起居、喜恶忧思
关于
阴晴冷暖、起伏跌宕
它们缠绕在一起
需要抽丝剥茧

从叩问书本
到叩问你
到叩问自己

真相，逐渐清晰

我们应该感谢穿梭不息的星河
感谢为医药绵延千年的人、虫、草
很长，很多
也很耐读

切

沿着起伏不歇的脉搏
抵达体内

珠落玉盘
弦拨银坛
……
关于脏腑、气血、筋骨的模样
如画卷般徐徐展开
向我描绘着
山峦巍峨

川流奔腾
还有暗礁、沟壑、沼泽和风暴

诸多留白
在某段铺陈开来
就像你和我说着话时
欲言又止，只传递目光

读懂的最高境界
是心照不宣

之后
微笑着和你聊起
这幅画作提笔时的
心情、天气和时长

病 案

道路的拥堵
持续了整个冬季

原本宽阔的行线
因负荷年久而沟坎丛生
往来车流依旧
承载运输是与生俱来的烙印

逼仄
从这头指向那头
渐行渐缓，如覆上了凝胶
碰撞、追尾

在层出不迭的矛盾里
沿关节、经络
直至中枢

风暴,还在持续

开 方

田边和山头的草木
已被拾进背篓
它们温和
体贴入微

千足的昆虫
举着大镰的昆虫
背着厚甲横行的昆虫
它们莽撞邪魅
力透每一寸小道

它们被一同炮制
用来贯通、抚平和驱寒

天地间
写满了谜题和谜底

我们停停走走
拾级而上
终会寻到钥匙
寻到
解惑的方

父亲的山(外四首)

牧 野

前面是狮山,背后是龙山
父亲这辈子,就夹在这两座山之间

山上的树木,和山脚的石头
养活了父亲,也点燃
父亲心中的,火苗

依稀记得,那些年的风暴
把龙山和狮山之间的小路
多次冲垮,也多次熄灭了
父亲,燃烧的火焰

那些,早逝的希望
成了父亲的,一座座山

随着我的成长
父亲的山,越来越重
被压弯了腰的父亲
也压在,我的心头

前面是狮山,背后是龙山
把我送出山沟的父亲
与,父亲那山一样
也成了一座,我

无法释怀的，高山

锦鲤和乌龟

水池，是江湖的一个缩影
倚天已露锋芒，屠龙还未出现
占池为王，只在朝夕之间

浅水，可看清天空的颜色
也能听见，风声和雷鸣
世间的明争暗斗，鱼池很难幸免

方寸之地，鱼龟混养
专家说：永不太平

只要天没有下雨
我必会在石板桥上出现
看着池中之物，看着这些
—— 善良的子民

我坚信，只要吃饱了肚子
不管是乌龟，还是锦鲤
它们，都没有理由刀兵相见

天空的空

能入眼的万物，都是
天空的杂质
天，原本就是空的

空，并不一定都是无
有些空，确实会以物体的形态
存在着，只不过
慢慢地就变成了，回忆

后来者，可以面对着空
想象，流星是空的说辞
太阳，是空的反骨

我也会用一双空洞的
眼眸，仰望天空
搜寻着，在这渺茫的空之中
有没有，我的归宿

月湖的风，来自海上

月湖不大，装了
上弦月，和下弦月
就装不了，渔夫的清唱

摇曳的芦苇，把
月湖的风，和一只鹭鸟

生日里的杏花雨
（组诗）

钱 涛

我是夜行人

我是夜行人，我探求光明
我手提母亲给我的灯笼
黑暗用蒺藜刺破灯罩
轻轻抹去伴随我的烛影

我是夜行人，我奋然前行
瞪大记忆母亲叮咛的眼睛
任北斗在云海时隐时现
我将希望紧揽于发亮的斗柄

我是夜行人，我快意油生
我将夜的团絮撕碎掷于身后
双脚在黑魆中剪出艰难路径
意志里泡融母亲期盼的心

我是夜行人，我踩着夜的呻吟
下弦月西沉了偕同一天星星
生命之力把我托上山之峰顶
我张开母亲给我的手臂拥抱光明

我是夜行人，我是幸运之神
我历尽黑暗却占有光明

吹进了，弯曲的桥廊

垂钓者的鱼竿，在荷花丛中
消磨着，幸福的时光

微眯的目光，仿佛
在回忆，那远航的风帆
和，满是补丁的渔网

月湖的风，来自海上
四面八方，的海客
带回了春风，把月湖灌满

圆 月

把，太阳丢弃的余晖
一点一点地，攒起来

在每一个，思乡的夜晚
拼成，一个圆月

可是，无论怎么修饰
都无法拼出，回家的路

那坑坑洼洼的，阴影
不是神话中的精灵

在余晖的光泽间，隐藏着
一个个，尚未解开的童年

我用双手捧起喷薄的旭日
热吻母亲一颗金子的心

白鹤南翔

南翔，我的外婆桥——题记

白鹤南翔
南方是母亲的故乡

背负着苍天，驮起
渊远绵长的沉寂和悲凉
太阳月亮的最后一次亲吻
长留于鲜红的鹤顶
长长的腿，艰辛地
划开时间黑色的波浪
每根带血的羽翎
支撑着心中的希望
唯有这儿留存着
她生活的全部爱恋
抱一个童年美丽的梦
吻一个梦中久别的故乡

白鹤南翔
南方有她的故乡

淫虐的风雨
浸染她苦涩的生涯
漠视鄙夷，浓墨般污染她
少女一样纯美的遐想
爱情早失落于双翅下
深不可测的浓雾

探求早折断于异类
峻漠而冰冷的目光
渴求的心曾找不到
栖息觅食的一亩方塘
只有一首母亲的歌谣
在脉管流动她不息的向往
——盼一个纯洁明净的丽日
揽一轮鲜明通亮的春阳

白鹤南翔
南方是母亲的故乡

春天的眼睛

清明，我又看见了
你春天的眼睛
在吻遍每丝思念的眼神里
长满了草绿色的岁月
你曾用许多雪霰擦亮余烬
引领着荒芜的儿女们
艰难地走出凶险的峡谷
那对瞳仁从未枯涸
让一个饥渴的家族傍水而居
一些粗壮的枝条终于有了花讯
小草也蕃长着火焰般的风景
你的岁月已经落地生根
种子们的欢乐毕竟又会
漂洋过海地歌唱着繁衍
清明时节，站立你的碑前
我将你慈爱的赐予藏之心间
让她伴着我看见无数星座
在太阳月亮的同一天宇升起

任俊国，中国作家协会会员，上海作家协会会员。出版散文诗集《窗口》《远方的家园》等，作品入选《中国年度作品》《中国年度最佳散文诗选》《散文诗选粹》《中国诗歌年选》等年度选本，获上海市作协2019年度作品奖。

寓言，或云边纪事（组章）

任俊国

旭日记

白云渐隐。

我听见白云边上旭日的鸣啼，唤醒大地山河。

常常，旭日带着羞涩从东山树林升起，散着柔和金光，像一只金发兽，跃在枝柯间，听风，赏云，食野果，饮晨露。

有时，白云去而复归，把旭日和鸣啼抱入怀中，像抱着又怜又爱的孩子，向山上走。

终于，白云抱不住了也抱不动了，就把旭日放在更高的树巅上。于是山中红桦、花楸、山楂、海棠、栎树、野樱桃、猕猴桃、鹅掌楸、紫花卫茅——被旭日收入眼中。

浆果，入了旭日口中。

突然，群日鸣啼应和……猛然间穿越到有九个太阳的上古，但我并不仰佩那个射日的英雄。

一群金丝猴如旭日般升起于树端，觅食、嬉戏于白云边，金毛如金光。

未来，在旭日拉满的弓弦上。

老马记

险峰突兀。

以前，人间老马路遇高山，总是呼朋引伴或奔或卧在山麓，提升彼此的美学维度；或是经常拜访山间茅檐，抚摸柴门前的鸡鸣和犬吠。入夜，它喜欢靠近窗前花朵，迷醉花朵里散发的饭香、酒香、书香。

那朵花，是人间熟悉的灯光。

很久以来，人间老马只有迷醉，不会迷失。而这一次人间老马于裹脚迟疑中唤来同伴，在不熟悉的群峰上碰撞一场雨，然后才敢抵近细看：高楼的窗后有几朵明丽的花，她们用舞蹈雕塑明天；另一扇窗后，他们热烈讨论着新的城市造山运动；刚转身，人间老马就吓了一跳，看见人类在屏幕上预报天气，说着一朵云的未来……

到处都是窗，到处都是灯花，只是花朵里不再有人间老马熟悉的饭香、酒香、书香。

这朵云，是一匹闯进城市高楼间的人间老马。

此后，云的思想棱角分明，但不留标志，不劝阻也不指引来者。

孩童记

童年是个想哭就哭的孩子，选择泪水，不代表悲喜。顺风跑，绊倒，不爬起，坐着哭。不想哭了，停下时看着自己落在草叶草花上的泪水。

就笑了。

一笑，阳光就下来，轻道一声"孩子，慢一点"。

这孩子叫云，顺着山麓跑，一头撞在崖上，赖在崖树上哭一会儿，又顺风跑了。而叫风的孩子追不上云，就摇下云在崖树叶上的泪珠儿，淋进自己的脖颈，打一个长激灵。

另一个孩子叫松下童子，无论问他什么，他的答案都在云那里。

山那边的孩子，他曾经开门迎接过远来的李白和杜牧们，而更多的时候迎接的是串门的月和云。月像一弯犁头，不断翻新云，不断翻新李白、杜牧们关于月亮的诗。

还有个孩子叫小妹，她在山头跑，羊和云也在山头跑。

当山头也跑起来时，一定是我和小妹手拉手在草坪上转圈儿。那时，变幻莫测的云在我们眼里是小妖，而非小仙。

把雨捧在手心，会看到云的点滴。后来，我们即便全身淋湿，而手心却不愿握住一滴雨。

教书记

小妹的名字叫小云，一朵小小的云。

后来她在小学教书。因为她和她一样的小学老师，在故乡升起一朵朵小小的云，空巢孩子的心才不空。

在教室，她们开门见山，推窗见云，然后指给孩子们看，多美呀。

一小朵一小朵的山边云。

她们在课堂上讲故事：从前，山边有一群种云的人……她们领着孩子，一起爱美，爱家乡。

她们教孩子语文、数学、历史、地理、音乐、美术……所有的文字都化作孩子们心中的云朵，下成未来的雨雪，汇成小小的溪流，流向江河湖海……

孩子，会成为未来的云朵，或长风万里，或一小朵一小朵的。

有的会像小妹一样，回到故乡教书，润物无声。

润美无声。

熊猫记

白云，黛山。

黑白的大熊猫，洇染山水，捡拾故乡光阴。

大熊猫从远古来，不为五色迷，只守阴阳黑白，用稳健的行动夯实我们民族的文化底色和最高审美情趣；也不为五味爽，食竹而肥，自知"人间有味是清欢"。

一张行走的胖水墨，萌动了深山、白云。

远看一只在竹林深处小憩的大熊猫，就像白墙黛瓦的山间独居。几只大熊猫在一起，就是一个小小的村落。

看大熊猫爬上大树，就想起上古筑巢而居的有巢氏。

我仿佛看见黑白时间，在流淌。

今天，大熊猫已是世界生物多样性保护的旗舰物种，也是世界自然基金会的形象大使。黑白，就是天人合一，就是自然和谐的底色。

知黑守白，找回我们曾经失落的乡愁。

相思记

难忘鱼水之恋。

云还是水的时候，喜欢与鱼去有风的地方，献上浪花和涛声，以及提灯的萤火虫。尽管已远走他乡为云，却忘不了把身影投进故乡，给鱼依偎的胸膛。

那山。那水。

云的思念从第一声虫鸣中醒来，泛滥。

鸿雁，是云端寄出的锦书。

雨，是云垂下的牵挂，是云水的血脉。

而雪，告诉我们云的相思也是有骨头的。

云有千种思念，却无法忧郁。如果投下闪电，那是云思念的痛风发作。长风几万里，事实上云的思念可以从江河之头到江河之尾，并溯源到任何支流之上。

久未见，扯天的雨就落进故乡梯田，让鱼溯水而上，去山腰有云的地方。

听完一夜云与鱼喋喋的情话，满山的稻子就扬花了。

思念深，云就伸出龙卷风的手，抱起鱼就走。鱼，才是风云际会的中心议题。

事实上，人世间的思念风暴又何止一场龙卷风呢。思念的疼痛，在暴风眼中。

自然和我们，都将以归来熄灭风暴。而方向，在一棵树的仰望上。

雕刻记

雕刻一朵云。

看老师从土圪垯里剥出白云来，便想那山间的白云应该也是土地里生长出来的吧。又想起母亲从柴火里拨出炊烟……

学着老师手起刀落，把白云剥得更白。

这白就生出怜爱来，不敢动刀子了。而老师不紧不慢，开始深雕，有小的云片落下，纷纷如鹅毛，比鹅毛有质感。刀尖指处，白云的花茎是嫩黄色的，叶茎是嫩绿色的。

哦，云也有心，心也有色彩。

老师说，必须用刻刀给水仙花和叶指路，否则水仙球只会长出"蒜苗"。面对白云动不得刀的人就自我安慰："养一盆青葱水嫩的蒜苗也好呀。"

我选择继续动刀。有时，选择不了，继续走也是一条路。

雕刻后的水仙球，要放在黑暗中每天换水，才能长出雪白的根须。

每天换水是为了排放球茎中的毒，正如生活的清白和美好，难容心中有毒。

学会雕刻水仙球。闲来，刻一朵白云，爱一回生活。

星云记

一树雪中的每一片雪花，都是星星的样子。

往上看，往深处看，那里有一树树雪或云。星星是树的花朵，是树的孩子。这是我看见大山深处雪景的样子，也是科学家看见宇宙深处星云图的样子。

流星，离开星云落进人间，点燃我们对宇宙文明的想象与探索，有如一滴雨对一朵花的浪漫与深情。

而一朵流云，天空的轻嗅；还有雪的簌簌，天空的轻鼾。它们安顿万物，化身万物。

一只毛毛虫沿着阔叶边啃食，毛毛虫化蝶之前，阔叶消失了。如果把阔叶比喻成云，那么消失在我们眼前的云也羽化了吗？或者天空消失一朵云，会是宇宙枯萎的比喻吗？

于浩瀚星云中，我们必须以信仰证明我们，还在。

然后，看见庄子放出来的鲲鹏。

坐地日行八万里的地球，亦如一只飞鸟，大海就是吻在星云边上的蔚蓝之唇。

读云，不经意间我们翻开了宇宙浪漫而苍茫的日记。

一文，本名夏怡雯，满族，诗人、编剧、话剧演员。中国诗歌学会会员，鲁迅文学院第43届中青年作家高研班学员。现任宁夏话剧院创编室副主任。作品散见各刊物，著有诗集《云山路》。

松针落（组章）

一 文

古镇光晕

我沿湖州狼毫落笔的游逸，一笔划到了江南。

桨声拐了很多弯，前面就是布着青苔的码头了。

这样的码头，我们沿途已见过许多。成色偏旧的青石板上，总有一处缓缓地被磨损，很多人在这里上岸。

无论过去还是现在，上岸都是一件值得庆祝的事情。

水波泛起许多种颜色，恰好是复古光调。

有别于城市的霓虹，霓虹总是带着一股酒气，这里则是一盏安祥的茶。

明月晃晃地照着，但是不及另一种光——桥头、船头、或者屋檐下的那些浅淡的灯笼，它们一同照着漫游在古镇的人。

任何人都可以选一座桥静静张望自己的人生。

松针落

这枚松针是噙着晨露掉落林间的，也许是晨露的重量触发了它想进行一次加速度的念头。

其实，掉落之前，它的针尖已经略微泛黄，同年长的人一样，需为了维持挺拔而用着力。

它曾经自狂，它的尖锐或许能穿透灌木丛和针叶林，或者穿透已知的这片树林和未知的那片树林，甚至是穿透这座山到达另一座山，只要它愿意，它完全可以从地球的一端穿到另一端。

可是，在它体验了失重的独特感后。

这枚松针放下虚妄，耐心穿起了整片山林的落叶。

韵海楼

迈进门槛时，尚不知此地是何地。

远处有飞英塔，也并不像其余各地入夜的塔那样周身通明。

你怎知相比于人工的通明，我更欢喜自

然给出的节律，喜欢它原本的样子？

比如今晚，楼内隔扇门全开，近处南太湖的气息伴着室内古琴音韵共振着；众人如此自在，从荷叶铺就的茶席上各取一枚绿色李子吃；起兴、作赋，言谈之外不曾大声喧哗，好像等着什么。

就在冷泡茶入口，被一股凉而雅的清香镇透之后，我才听到"韵海楼"三个字。

原来此楼就是纪念颜真卿的韵海楼。

跨出门槛时，已不知今夕是何夕。

风过芦花丛

我分辨不出芦花是静谧还是欢畅，如同分辨不出自己在秋天的喜悲。

风之手温厚地拂过芦花丛，每一株的绒冠都朝着一个方向颔首，绒冠上的每一根绒毛无一例外，也朝这个方向。

不论什么时候的光照到它们，它们都回复以丁达尔样的朦胧。

植物总是有着出奇的一致性，而人则是一个矛盾体。

泼云烟

四季之中，是谁把云烟泼在贺兰？

云烟泼在贺兰山东麓的时候，就是秋天了。

入秋后雨水略丰厚，雾气集聚山间，填满岩石间的罅隙，给原本硬朗的山脉营造出柔和氛围感。

氤氲之外，蓝是第一位的，不仅是山和阔朗的天空，也是每一个来过这里的人们的情志。

深秋以后，渐次显现的黄点缀其间，被云烟冲淡一点浓度，反而让人觉得万分可亲。

很多山的深秋最后都会归于明晃晃的红，在这里基本没有。果然没有红枫，也没有亢奋的游客。

来这儿的游客大多是抱着一个不那么期待的心情而来，这里毕竟比不了众多排名更靠前的名山值得期待。反而是这样闲适的心情，让习惯了快节奏旅游的人们终于有了松弛感。

拿什么来类比贺兰，通体绵延且不柔顺，像极了略有个性的西北女子。

尤其是当你选择在秋天又一次走近贺兰脚下，既不会选择匍匐，也不会选择征服。老朋友一样看看它，就是最好的一种相处方式。

旷野钟声

我在旷野听见钟声，这原本是完全不可能听到钟声的地方。类似巴黎圣母院的钟楼下听到的，又类似苏州寒山寺院墙外听到的。

如今它们跨越山海交融。让我知道,是离去的时候了。

我说的离去,本质上是背弃。当以往的经验之谈和逆境商数已经统统不起作用,当哲人的理智重回横行错生的神经纤维。这钟声就响起来了,开始只是金属的表面以极微小的幅度颤动,随后盛大起来,最终我仿佛也成了一口钟,摇撼着。

钟声每响一次都在警醒:游隼不能在迁徙途中定居,我也不能在中转机场等到接机的人。

故 居

垂下竹帘,姥姥的故居安稳下来,暂时不再晃动。

绿色复古台灯点亮她书信的字迹,娟秀、无法仿写,犹如她的一生。

闲情逸致被生活磨光之后,她脸上的褶皱和案板上交织错综的印痕留了下来。

弹钢琴的姥姥,丧夫又失去幼女的姥姥,做臊子面的姥姥,写教案的姥姥,受着病痛的姥姥……

她不同阶段的样子重叠又重叠,最后变成墙上挂的黑白照片。

我抬头看了一眼,她不再变老。

而被儿子们卖掉的故居,即将面目全非。

泥彩塑传承人

他平和地坐在黄昏最后一点光里,端详满院子的泥人。

此刻,它们看起来似比他更有生命的光泽。过半炷香时间,需要点灯的时候,他脸上的油光才又分外凸现生命的光泽。

从小,父亲塑泥人,他在一旁捏泥玩具。父亲寡言,偶尔说话也是对泥人们说。年轻人中,没有人肯跟着父亲塑泥人,或许,话少的人当师傅,有点勉为其难。

他承接了父亲的沉默、耐心以及延续很多代的泥塑人审美——一种传统的近乎古旧的美感。

他动作悠缓甚至带点滞涩,有那么几个片段又是一气呵成,有如神助。

木料、粘土、稻草、棉花构成了泥人初步的模样,身架搭好、粗泥细泥塑形。

铸魂最难,凝视它们很多天了,他一直在琢磨这件事。

从细节到发丝和指关节,瞳仁的暴露程度,面部微表情的体现。

直至彩绘结束,上过最后的工艺:清漆。

这些泥人中,才会有几个像是被他救活了。

平原即景

我可以这样描述,是平原让旅行的生命轴缩短了。

平原，在车窗外被匀速地拉成一道直线，起伏微乎其微。

原本我从苍翠的山地而来，是一个因跋涉过多而疲倦的旅人。抵达平原后，我们终于可以随车厢尽兴奔驰。

我们忘记了，原本我们是同样的、追求速度的人。

光阴还停在上个十秒，我们就看到了画框里的景象：麦浪游走，池塘微澜，农人的劳作次第定格。

知音作画

——观石涛、八大山人《兰竹图》

修竹常常瘦在秋天。

春天时，它与兰花在一起又有一番舒朗。

一生兰，半世竹。忘年友情或者仅仅是惺惺相惜，让一个寂冷，一个热烈的截然不同的两个人，愿意在同一幅作品中展露风姿。

让清雅，成为《兰竹图》的别名。

八大山人勾皴山石，绘制兰草，石涛随即补竹两杆。

兰叶竹叶偃仰其间，画技只是其一，重在知音般的参悟。

哪一位技高一筹后人已无法评说，两种风格在笔墨源流之中涤荡，在几百年的岁月中融合，宛若天成。

潘玉渠，男，1988年生于山东滕州，现居四川金堂。作品见于《星星》《扬子江诗刊》《散文诗》《草堂》《诗潮》《诗林》《中国诗歌》《西部》《诗选刊》等刊物，入选多种年度选本，著有散文诗集《此间坐忘》，参加全国第18届散文诗笔会。曾获扬子江2016年度青年散文诗人奖。

新的肖像（组章）

潘玉渠

大海，远比想象的还要壮阔

譬如，前往圣赫勒拿岛时，拿破仑途经的那片海——

流放之旅，赋予视野晦暗的壮阔。

西风鼓动远山和流云，海鸟站在桅杆上拍打银灰色的翅膀。虽有那么一瞬的静止宛若妥协，我们仍能看到震天骇地的层层浪涛，好像昂首飞驰的十万马匹，用嘶鸣与蹄铁启动持久的冲锋……

这时候，我们能感受到一种对于禁锢的反抗，一种更加无畏的自由，以及直面险境的无限勇气。

是的，大海远比我们想象的还要壮阔。

海天之间，风云骀荡。站在颠簸不休的甲板上，内心会萌生出异常遒劲的信念，认知也会随之得到开拓：

那携带着无尽可能性的蔚蓝，便成为了幕布或路径，既可收纳日月星辰，也可引领我们一路向前。

时光暂停

八月的金山公园，用一己秘语，将你捞出独居之室。

在这里，各种造景手法相互配合，以妥帖的比例组装出立体美学：池塘收容无名的水草；长椅漆色锃亮，倒映着泼墨般的霞光；蜿蜒的绿道则将自己绕成一根发辫，在草木深处起伏延展。

风吹来，黄叶遁去，好像一群干瘦的灰雀，结对迁徙——

它们并不在意你正思考什么，也不关心尘世发生的一切。犹疑、惊恐、梗阻与它们无关，飓风、水患、沙尘与它们亦无关。

它们只是沿着节令的经脉，细细推演自己的人生。

这，让你无比钦羡。于是立起画板，用一些鲜丽的颜料扭转秋色，以此证明风景可以被驯服。

——画笔纵横间，一座秋山迅速返青。

对于我的质疑，你无意反驳，而是转身轻声道：人生匆短，风景易凋。只有抹去漫山黄叶，才觉得时光可以暂停……

新的肖像

置身于书斋中的你，本身就是一个情节曲折的故事。

蓝色棒球帽倒扣在头上，牡丹刺青在手臂上绽放。背心对于身材的重塑，也让你多了一层少年感。

台灯将浅绿的光线投映到书房一角：几册老迈的诗集堆叠在一起，似尘封已久的旧档；几帧表情荒诞的写真，则显示出深邃的轮廓——

让你看上去愈加矛盾。

……夏夜闷热，虫吟似一根根膨胀的钉子。你独自一人坐在窗前，将签字笔在指间转得飞快。而铺展在桌前的稿纸里，一首关于雨季的七律迟迟没有等到尾联。

虽然壁钟的指针已经转入夜半，你仍无心入睡。

嘀嗒、嘀嗒、嘀嗒……

就这样陷在圈椅里苦思冥想，以期那十四个字能够如约而至，呈现为你对这座城市的独家印象。

沙盘纪事

楼宇、天桥、树林、湖泊错落分布，宛如彼此的注脚。

沙盘里的城市模型，在写一部生态宜居辞典。

解说者的声音富有弹性。她结合案例分析，提出自己的担忧：城市的成长轨迹大都是一条曲线，而现实问题正被新颖的概念遮掩。继而建议我们，不仅要让规划图纸符合大众期待，更要契合自然的内在逻辑。

……跟随激光笔的移动，我们看到博物馆、音乐厅即将走出闹市，大片的留白将还给草木与飞禽；行人和车流也将引向郊野，借助山水之势，共同勾勒疏密有度的市井画卷。

她还说，新的风景线里将植入更多人文元素，让各种艺术门类真正走进生活，让优秀传统文化得到呵护与复苏。

而最终目的则是唤醒人们对于这座城市的热爱——

留守，或回归，再次寻回祖传的梦境。

折叠日记

日记在抽屉里坍塌，宛若时光老去。

折柳或以诗相赠的举动，过于迂腐，我没有做。而在心底角斗的今日之我与过往之我，柳条一样鞭打自己的腰身——

绿色散落一地，是骨头，还是魂魄？我无法确定。只知道结果是两败俱伤，我终究未能战胜另一个自己。

——"我是我未来的尸体。"

——"你的骨灰将是现在的你。"

这种哲学意味的辩证句式，凛冽而又惊险；让人费解，亦让人耽溺。想必，此刻眉头一蹙，未来之我的皱纹也会加深一分。

是的，我们与时间互为载体。

一如水过掌心，体温被精准验证：无论行进多么缓慢，真相终究有点儿凉，有点儿硬……

茑萝

风掀动羽状的衣衫，让紧绷的心事彻底暴露。

或许，用张网以待的形式啜饮到的雨水，是一种具象的甘甜。偏重于缓慢叙事的木桩，能够让逆流而上的攀援，转化为一种隐忍的美感——

收纳梦境，抑或悬置繁密的星群。

眼睛的存在，就是为了延展风景的尺幅。

对于一切积极向上的事物，我们本应给予开阔的赞美。赞美它们束发一样挺立着的信念，有力弥合了篱墙的裂隙。

然而，秋色渐深。当温驯成为一种本能，摇曳于枝蔓间的这株茑萝，唯有选择固化自己的弱者身份。

虽然蜷缩于根系的猩红，还将突围而出。我们仍能看到它们内心深处，阒然无声，仿佛一汪微小的波澜。

烟火寻常

周末，天气尚好。鸽群在低空飞旋——仿佛在圈占梦想的领地。

薄暮的风景结构严整：毗河潺湲、浮萍从容，粼粼波光汇为一首轻快的歌谣；白鹭在滩涂上休憩，垂柳在堤坝前梳妆，它们努力将特有的诗意送入金色的风里……

而你独自漫步，把构图作为一种修行。每走几步，便会调整焦距，认真捕捉视野中的新意。

在你的观念中，无论是身旁佚名的过客，还是远处层峦般的云朵，都有值得挖掘的潜在之美。

最让你着迷的便是落日余晖。那绵密的橘色光晕，有着温和的刻度，可以精准测量这座江城的烟火气息。

待夜幕降临，它又会悄然退去，不留一丝痕迹。

这让你进一步加深对于人生的理解，明了所有的穿梭、裂变、漂泊，终将归入一份匿名的平静。

玉皇山帖

木质步道串联起寂然有序的族群：

皇菊、葛根、野藤匍匐而行，圈画出册页的基底；红杨、黄枫、翠柏则似蘸了不同颜料的画笔，纵横交织为简略硬挺的大写意。

风景的剖面，因人而异。游人四处错落，构成笔触的停顿——

你看到的是简洁而匀称的线条；我注意到的是点与面的共振。抛开水墨山水的常规技法，玉皇山内敛的细节更接近艺术的原点。

……玻璃索道上的眺望与俯瞰，酝酿出动荡与凛冽。风在山间鼓动，溶解了周身的汗渍。

渐渐地，我们已悬浮于山巅之上。脚步与视野的交互浸染，让玉皇山有了自己的结论：

无论以怎样的妆容示人，作为一种开放式的器皿，总能盛放蓬勃不朽的秋意。

博物馆

在这人文荟萃之地，脚步会不由自主地轻下来、慢下来。

心底兜紧的讶异与感慨，也会在不断切换的浏览间趋于浓重。

在这里，新石器时代的陶罐，先秦的青铜礼器，隋唐的碑刻，宋元的字画，以及明清的瓷器，宛如形形色色的人物聚在一起。

他们中有农夫、贵妇、将军、书生、僧侣和君王……无不用鲜明的特质昭示着独有的身份，进而折射一段久远的故事。

时代几经淘洗，分辨率愈加清晰。

在他们之间穿行，就像在与历史对话。无数轰轰烈烈的前尘往事沉降下来，在他们身上化为不可磨灭的印记——

或许，我们从中还可捕捉到某个具体人物的生平，并能将之归入一个特定的现场。

在那里，他们是独一无二的主角。让我们得以窥知历史的肌理，乃至填补一页具象的空白。

田宗仁，穿青人，2002年生，贵州清镇人，共青团员，贵州省第五届中青年作家高级研修班学员，系贵州省诗人协会会员，惠水县作家协会副主席（兼），惠水县高校文学社团联盟主席，贵州盛华职业学院百鸟河文学社第一届社长，作品见于《贵州日报》《贵州法治报》《作家报》《人生与伴侣》《夜郎文学》《当代教育》《中国汉诗》《新滁周报》《六盘水文学》《长江诗歌》等，入选《青年诗歌年鉴（2021卷）》，曾获第四届"兰郎诗歌奖"、首届"长江诗歌奖"。

土之语

田宗仁

一

大地朝南问候的石头沉默寡言，春天临近的河流总会回扣两岸。我曾经试图从一个深夜跑进另一个深夜，寻觅一场篝火晚会，歌唱一场年华。

野草枯荣的原野，牧羊人吆喝昨夜丢失的母羊；母亲的坟墓在山的另一头，倚着我的高原，等待着转世为人。多想把今夜绽开的花朵嫁给黎明的土壤，石头、河流、羊群、野草都是上天允诺的嫁妆。

祖先浪迹的山坡如今是粮食的天堂，我的村民朋友会在这里生老病死，以及埋葬，并筑起饱满的坟茔。

深夜复燃的死灰勾起我空洞的心潮，蛐蛐鸣叫的村庄何时才能留住北方流失的气候，给予这南方万物北方的问候。

二

土壤翻腾的高原，拖举着我久经风霜的村庄。

麦芒与雨水，弥留于雪山之巅，深沉的海洋掀起一场四季轮回。

我告别我的村庄，奔向你的城市，昨夜的暴风雨会在今夜沉默，江河如此寂静，连初生的牛儿也朝向你的城市呼喊。

我要给予你一株稻穗，这是一个春天的见面礼，颗粒饱满的稻子蕴藏土壤的寄托，我的村庄也在其中寄予真挚的问候。

山坡上飘扬的旌旗扬起千年传说，生我的土地镌刻神谕：村庄是不朽的神明，土壤是伟大的母亲！

三

我在高原断裂的山谷呼喊一个春天，那里有我久违的母亲与逝去的亲人，他们那样的静，与空山对峙。

我曾经养过一条土狗，生性顽皮，不时从村庄东头串到西头，连河流也被它踩踏殆尽。

它也会呼喊，呼喊山头的细雨久久不能发生，呼喊人群密集的城镇鱼龙混杂，呼喊土地埋没的尸骨久久不能转世投胎。

这是一个呼喊的世界，野草在呼喊，玫瑰在呼喊，石头在呼喊，大地在呼喊……

唯一真实的，是这坟茔里传出的死亡的呼喊！

四

生活如一个长久的梦，或一场短暂的戏。

做梦的人都曾梦想一个永不凋零的春天，看戏的人都曾幻想一场妙论年华。

石头在春天会被花草覆盖，在秋天会裸露尸骨。那高原深处的泥土曾走过山川河流，漂泊的轨迹是一个人世的繁华地段；田埂上遗落的稻谷悄悄在一场小雨中残喘，路过的农夫不会因此停留收割的脚步。

我们都知道那是一场生命竞赛，胜者生，败者死。

土啊，请为我的村庄和我有限的生命保留人世最后一块墓地吧！

五

河流，天地传输生命的纽带，在人间划出道道伤疤。

喜马拉雅的雪山经年不朽，高歌的夜莺早已沉沦，我希望这森林也有一条焕发的河流，带领着我的村庄与大地女神约定下一个五谷丰收。

——看万物枯荣，月亮皎洁的骨头白得透彻。

草原上奔波的羊群，我失散多年的亲人，随风而逐，离合之溪荡漾着母亲的生前缝制的云朵。

每一只坟墓都是人间骨架，勾勒的土地、山川、村庄与城市，以及一些国家都是我信仰的具具真身！

六

夜空吞噬我的影像，化作无数飘渺的草籽。

土壤里无数沉默的尸骨有我前世的真身，今世的亲人。

那草籽飘落的地方是否会再发蒙一个世道轮回。

今夜我向我的大山告别，我的河流告别，我将点燃众神播下的火种，汇成黎明的火把，前往草原上寻觅失踪的山洞与骨头。

七

　　土地里翻腾落日的余晖，叩响遗落山谷的恐龙化石；鸟鸣那么静默，以至于我的天空回荡无处安放的流云。

　　远方的亲人急切呼喊我的骨头，红豆杉摇曳露营的野火，幻化出母亲轮回的魂魄，多像一种寄托，告知母亲坟茔的秘密。

　　土的语言的哲学的，山的语言的厚重的。河的语言如同春天迷失南方的花朵是温柔的。

　　我追问这些年的痛楚年华，试图在我的高原控告一场蓄谋已久的盗窃。

八

　　我痛呼河水流逝太多相遇与幸福，石头也变得沉默寡言。

　　野草折断芳华，抛洒雨露，你的城市如此洁白，白得如此遥远。

　　土壤堆砌我的村庄与亲人之墓，麻雀衔着天空的蓝划出古木枯败的山谷，留下那么多无尽的静，静得如此遥远。

九

　　寻觅草丛，窥探流水，沉默的冻土露出高原的炽热。

　　气候变化无常，南方的土太过柔和，北方的土太过深沉，浮动的经幡按捺不住远古的召唤，有如昨夜丢失的马匹奔腾在莽莽原野。

十

　　翻动云层，挖掘雪山淹没的尸体，土地不语，卖弄着不可告人的深沉。

　　扒开父亲的白髯，褶皱的皮肉勾勒着村庄的轮廓；一些深处的胡须还没长出就已泯灭，一些尚在枝头的秋花默默地接受枯萎的命运。

　　我知道父亲曾经不止一个春天流逝，从红砖墙颓圮的过程可以看出，唯一不变的是土地的堆积。

　　衰老是父亲的命运，是花草的命运，是土地的告知！

十一

　　秋夜静默的土地蕴藏一场年久的厮杀，祖先的遗骨散落于此，成群的牛羊用膜拜埋葬了这片莽原。

　　冬夜不再遥远，更静的深夜不再呻吟。父亲倔犟的白胡子刮了又长，在这片土地上已生长多年，并将直至枯萎！

　　我向生命的法庭状告这片土地：留不住一个长久的春天，长不出年年丰收的粮食。

我还要状告它太过沉默,以至于我的村庄如此渺小,我的父母如此渺小,渺小得只剩一片泥土。

十二

你是否会在河流的第三条岸筑我一生追求的坟墓;你是否会允许我的父母掘土自葬,等待轮回。

我在一个没有野百合的春天叩问你:你的胸膛能否承载我薄如蝉翼的生命!

我虔诚的叩拜,只为奢求一寸立足之地,允许我的一生埋葬于此,允许我的父亲死亡于此,允许我的母亲投胎于此。

今夜,我将向你献祭牛羊与鲜花,以及一些四季轮回的粮食和北方遗落的石头,连野草也是我献祭的托盘!

哦,土啊,请不要太多言语,你是沉默便能掩埋我的一生!

十三

我的村庄曾经楸木成群,而今的泥土已过芳华,水泥路已掩埋一些风尘旧事。

母亲的坟墓已年久失修,芨芨草的摇摆证明了南方土地的哀嚎是时常在深夜响起的。

土啊,多希望你的厚度能淹没一些死亡,以便生命能继续发蒙于你。

十四

这高原大地的胸膛啊——厚重的泥土垒起的不朽坟墓。

山川平静的林原响起母牛的呻吟,仿佛召唤某一个即将转世之魂。农人的镰刀划破新月,虫儿在门前石缝叫喊,叫喊一些未归的朝圣者记得朝南回望或跪拜。

蒿草枯黄的枝干鞭挞北方流失的季风,根部松动的泥土翻涌着村庄最古老的血液。

我的母亲已静卧这高原许久,墓碑至今依旧没有立出,红色土壤的装饰显得格外耀眼,就像这村庄最宝贵的宫殿。

至于墓碑为何没立,我想,大概是因为她苦难的一生几句碑文不足以诠释!

十五

问候土地的双手,沟壑纵横,每一处凹陷,都是我们种下的粮食。

跪地俯首的人,一生有太多隐秘,与大地的接触是遁入的彩排。合十祈祷,对待自己的故土,愿四季安稳;对待村口的老木,愿春来枝绿;对待沉静的老人,愿黑夜短暂。

回首,深思,眺望。

我们的土地日复一日的更迭、翻新,日复一日的流失、荒废……

特别推荐

草木人间（组诗）

安 澜

家 书

娘，老家这儿的草已经绿了
我还在老生活里彷徨
命运的马路上人满为患
你不用惦记了，我这块
你身体里永远拔不出去的疼
去年秋天，远走他乡的燕子
不知道有几只还能回来，几只
已经客死他乡

树丫上有新芽了，像蓬勃的火苗
我看见了噼啪的响声
心头有十万里春风在驰骋
好雨知时节，一直在我们的天空上连绵
时令翻身，土地失眠
蚯蚓掀翻了压在身体上的叹息
千百万只蜜蜂推开了尘封的屋门
满山满岭的婆婆丁、鸭嘴菜、柳蒿芽
擎着青春的身体，争抢着
对生活如火如荼的热恋

老屋和我有点孤独，娘是人间的烟火啊

安澜，原名安平。中国作家协会会员、黑龙江省作家协会全委会委员、伊春市作家协会常务副主席，在《人民文学》《诗刊》《人民日报》《星星》《上海诗人》等发表诗歌千余首，并入选多个选本，出版诗集两部。

分别久了，不知道该把这成吨的惆怅
往哪儿撂

清明祭母

就在今天，刚才
一场铺天盖地的大雪
把刚刚返青的春天
哭得瑟瑟发抖，脸色铁青
就像您，猝不及防地都没来得及和我们告别
就去了天堂
这个清明，多像一把斧头
一片一片从我命里往下劈着，寒冷
咀嚼着嘱托、叮咛、惦记……
我用如此单薄的思念
佝偻地活在一日三餐，喜怒哀乐

和偶尔的几场感冒里
妈妈，你留在人间曾经的笑容
在一张慢慢泛黄的相片里
像怎么也吹不灭的幸福的火苗
一下一下地烫着，儿子的惊慌

雨夜，一首诗里的你

轻轻伸出你的手臂
在梦里翻身的人
舌尖上的露水
咽下柔情似水的火焰
词语在左，风情在右
一道闪电的马匹
像谁写于天空的草书

像解开一根千百年的绳索
一首诗歌从内心里走出
抚摸着汉字额头上的光芒
像你抚摸着
雨水光滑如初的身体

家　园

我不敢小视这山里的每一块裸石
每一株枯败的蒿草
头顶白雪的青松，是我下定的决心
端着星星之火的春风
是我救命的恩人
一群坚守家园的麻雀
弄得人心惶惶
我想留下一句交代
不知道面对左邻的风雪
右居的绿水青川，该说些什么
一片伸出嫩爪的蕨菜
探出黎明
绝不是想握住挽留和我
头顶的天空啊
一行大雁，把一个人字
正写得那样风生水起

终　结

插翅难飞的春天
有过眼云烟的朝霞与夕照

我只关心心底那块疼
无论多少生活的窟窿，破损的童话
我只愿意用灵魂打包未来
对得起自己的誓言
用时间来检修真理和创伤
用缜密的光阴缝补曾经弄破的痴情
像五月抽出嫩芽的枝条
我是崭新的绿
没有乌云难知阳光的明媚
没有一场春雨难知小草的情意
左手牵着你右手牵着幸福
时常地来回换换，但是
始终不离不弃，在未来里
我们先从掉牙开始，慢慢地老去

我还爱着什么

一根香烟变成了灰烬
一首诗歌留下了疤痕
空旷的早晨斟满花朵的香气和鸟语
一根鱼肚白的地平线
我没看见那个垂钓光明的人
青草和树木这些大地的子孙
让绿使劲地绿着，有时还
摇晃摇晃它们柔软的部分
我从梦境里回来
爱着日有所想夜有所梦的
欢乐，幸福，美好以及
那些不多不少小小的忧伤和苦难

李刚的诗

李 刚

重走那条乡间小路

暮色渐浓，偶遇凉风。
凉风是初秋蓝月甩出的长袖，
有种韵律在路灯下回旋，
某些碎影向你频频点头。

有了一枚身影的徘徊，
夜色才是最好的抒情。
心爱的人也在这条路上走过，
枣树依旧，青柿枝头，
让你忘却了时光的隐忧。

伸手摘下一枚青枣，
夜光在它表面洒满伤痕，
泪水会消释时间的面目全非。
这世上的一颗小小心脏啊！

因为心头有个光亮，
才会重返走过的地方。
夜色阑珊是魂魄的独舞广场，
也遮掩了你转头的泪眼朦胧。
此刻夜蝉孤鸣，生动而清凉……

李刚，笔名小窑，上海人，著有《回看天际》《如果这样爱》《生命里的一条河》《悠悠太阳香》《从窑上出发》等多种，作品发表于各类文学报刊。现居上海浦东。

倘若山路通向天涯

山路转了个大弯
仿佛人生又经历了二十年
继续蜿蜒向上时，山石无声，偏向惊慌
倘若山路通向天涯，我们就走这一截吧
这一丝心颤已证明了自己的卑微
我们的神色再怎样柔和
也够不上天涯的神明
我们就走在身边这条溪流的波光里吧
走进它一路起伏的澄澈之心
倘若我们重新用花开的姿势深情相望
就让默契的时光化为寂静的冥想
倘若我们拦下流水的回声
就让它回荡于默许的心愿
去洗涤一路的风尘

题古瓷窑

太细腻了　这些山水之核
所谓秘色恰好成了岁月的暗器
泥土和湖也义无反顾

万物的轮廓都是你心目中人世的倒影
现在都成了路途上的风雨飘摇

一条陈旧的渡船是他们的替身
九秋风露　千峰翠色
都是聚散的泪光　等的都是
你凝眸回望的幽静山谷

你看　月光如诉
痕迹和碎片都是泥土的故事

残垣的暗光如同陨星的遗骸
在月光下愈加辉煌

即使窑火熄了千年
即使万念俱已成灰

在南普陀寺

我像是在取经，从北普陀山
到南普陀寺。这一路不是跨越，而是飞
飞过了山飞过了海

跨过的只是两道门槛：一是时间里的半世虚妄
跨过后苍老的迹象，无限深远
二是一路上的两手空茫，包括曾经的拥有
空，实为天下之大

不慌不忙，也不必得意气扬
只问一句——
　"你怎么也在这儿"

菩萨还是不语，仍那么面善慈祥
而众人也没回答，只是匆匆过往

遇见麦田

细风起伏
无限踪迹让麦浪暴露了羞涩回忆
光芒在穗尖上弄起动静
就像命运
在身体里走动的声音

他相信，麦粉呛进喉咙时
是芒刺的魂
挑动了生命的神经。他相信
刈麦的刀刃让金色的裂缝
也保留着麦田的尊严

而麦秆朵儿像一个个生动的人
或躺倒，或抱紧
——它们相信
唯有相拥才完成一生的使命

有人追赶麦田所有的攒动
有人想起，收割的刀子
在入夏的夜色里取来了
群星的回声

大姑和姑父
（外一首）

曹 旭

蓝天下面
　　是厚厚的黄土
黄土下面
　　长眠着大姑
陪伴大姑的
　　是倔强的姑父

大姑代表了
　　门前小河的桃花
姑父代表了
　　村庄黝黑的泥土

他们之间的感情
　　像农具一样朴素

给大姑和姑父拍照
　　他们并排站着
就像并排站着的
　　两棵玉米

姑父看着大姑
　　是一把铁锹

看着一把锄头

大姑闲对姑父
　　是一只菜篮
　　闲对一只竹篓

村里人很少听见
　　大姑说话
大姑一辈子
　　只和土地说话

姑父的沉默
　　没人能懂
只有季节能懂
　　种子能懂
　　耕牛能懂

大姑活着的时候
　　耳朵就有些聋
现在埋在地下
　　更什么都不通

姑父死去多年
　　但他劳累的腰伤
现在在泥土里
　　下雨的日子也会疼痛

大姑用种地的力气
　　想掰开一元钱的硬币
　　买两块钱的东西

入殓的那天
　　姑父才洗净脚上的黄泥
　　穿上一辈子舍不得穿的新衣

他们生前经常吵架
　　此时才开始安静
　　怕把对方吵醒

我走了一圈一圈
　　绕着大姑和姑父的坟

始终找不到
　　哪里是生死出入的大门

但见长得拥挤的
　　是坟上的野草

我就知道
　　村里死去的人多
　　活着的人少

谁家吹吹打打的一群
　　披麻戴孝
清明的唢呐
　　在风中完全跑调

我从坟地回到村前
　　不可思议地看见

赶牛的姑父回来了
　　他正抬头看天

只见自家的屋顶上
　　又飘着大姑
　　烧饭的炊烟

苦楝树

院子的瓦砾堆
被瘦瘦的苦楝树占领

春天的苦楝树
被细细的叶子占领

叶子与叶子的缝隙
被淡淡的红花和苦苦的香味占领

光秃秃的冬天
又来了两个占领者

一是枝上吵架的阳雀
二是枝间灿烂的阳光

阳雀吵架与苦楝树无关
但七嘴八舌互不相让

等我赶到院子
它们屏息着朝我张望

倏然轰地一声弹起
蹬得纸窗上的旭日摇摇晃晃

我在找寻孤独的事物（外三首）

高鸿文

这个夜晚，我把一颗星星
从天边摘了下来
安置在一首诗里

但不知道，一颗沉默的星
有着怎样的焦虑和不安

只是想抵达星空，去看看
暗淡的光影下有没有
纠缠不休的痛楚

我在找寻所有孤独的事物，比如
一只蚂蚁、一块石头、一棵树、一座山

用手指剥开它们的孤独，去发现
这世界是不是虚空
以及关于人生的悲欢

而我愿意和它们的孤独
呆在一组词语里

一颗孤零零的星，近在眼前
我把它当作亲人

秋风起

秋千，呆在空旷的孤寂中
荡秋千的人已不见

多少事物被秋风吹得无影无踪
它触摸着石头和草木
它是一切又不是一切

它吹走了炽热的夏天，吹走了
一个又一个落日

如果秋风可以倒吹，把流失的
时间，重新吹来
你就坐在秋千上

你再一次看到飞起的蒲公英
再一次看到石榴树
发出轻微的颤动

而我站在秋风里，想让它
停歇片刻，或者让一首
童年的歌谣随风飘荡

野　菊

我认识的几株野菊在荒野
与杂草、石头为伴

它们举起自己黄色的小花朵
避开秋虫忧郁的曲调
花瓣上含着星星的眼泪

对错过的季节，对不可抗拒的
命运安排，它们
抱着乐观的心态

暮色里，我们彼此不再说话
许多事物变得难以辨别

但我愿意和它们一起
咀嚼黄昏，咀嚼秋色
和小溪

向日葵

一个画家，把画架支撑在
向南的山坡上

一个诗人，把稿纸铺开在
太阳的光芒下

画家绘画出一棵向日葵
蓬勃的生机

诗人提炼出向日葵
毕生的信仰

在一幅画，一首诗里，安放
群山的寂静，太阳的慈爱

你看到的画面，正舒展着
生命的浓烈

你读到的诗句，每个词语
折叠着人生的沧桑

山与溪（外三首）

袁一民

山昂起头，熬过枯萎
举着浓郁，诸多的鸣叫
爬上它的额头，把春戳疼

其间有条小溪水
载着鸟语、落花、枝叶
去看山外的热闹

山与溪，顶好的朋友
相处常有一些耳语厮磨
目标　截然不同
各自，走身不走心

登莫干山

风努下嘴
画出一条弧线
爬坡、绕云，扶摇而上
走进山的蜿蜒处

多少个从未遇见的相遇
在丛林中隐藏

此刻，一个个赋予的热情
向我招手，点燃
万花筒般的春天

莫山又殷勤许多
送来一曲曲久远的鸟鸣
与我的引颈对歌

与黑暗较量

尘世这部书里
我们都在里面奔跑
乐此不疲

偶尔歇下
面对诱惑刀影下的苦茶

无人破译的密码
（组诗）

顾利琴

淡定 穿肠

虽会有暗夜里的惊梦
依然吟诗给拂柳

日光终会替代烛火
用你的执念
握住时光的钟摆
与黑暗较量

江岸边

四月，走出形而上
被桃红晃了一下眼
江岸已翻新，似入大观园

水波梳理着水波
与苗木聊着春天，篷帐隐浸在林间
偶尔传出雀跃声

风筝正在俯瞰
三代人的欢享在江风中延展
纵横的容颜把春风收纳

李 子

仲夏，邻人送来十几颗李子
丰腴的果肉包在
薄薄的淡黄和酱紫相互晕染的果皮之下

这是邻家路口那颗
李树上刚摘下的
它经过了谷雨、立夏、小满、芒种、夏至

这些节气锻造了它
使它坚硬的核
成为无人破译的密码

雉 鸡

路过一片空旷的田野
挡风玻璃前
一只被雨水淋湿的雉鸡
从路一侧的农田走向另一侧农田

我停下车，目送灰色的阴雨天里
一只雉鸡匆忙走过，它拱着的背
拉远了不远处林立的高楼的距离

世界安静

百合花

庭院里初开的百合花
如婴儿的脸
带着来自山谷的香气

清晨或黄昏，吸着清甜的香味
我仿佛瞬间回到了
少女时代，那个爱穿白色连衣裙的我
百合花一样的我

看 海

风收走了所有分叉的时间枝节
仅留下无边的水像巨大的矢车菊
在太阳下无休止地盛放

古老的海
释放着永生者的力量
海浪的唇语
船帆和沙滩的脚印
带给我的，将是永不停止的想象

云 杉（外三首）

张 杰

一棵倒立生长的云杉
在月光底下 泛着鹅黄的光线
秋的昆虫
在草木间谈论着爱情 故乡
以及无法避及的死亡

雨水越来越远
一只只鸽子 接踵而至
我的幸福
失声哭了出来

异乡的秋

借助月光
一杯酒才刚刚热起来
在西子湖畔，六公园
你笑着抬头

我记得你眼里有雾
至今不曾消散

后来，我们穿越醉后的杭城
影子扶着影子，在解放路的立交桥上

河西走廊的马帮
（外二首）

陈曦浩

风雪中，一队马帮
奔走在河西走廊的戈壁
奔向可望不可及的天际线

一杆杆高压铁塔，手拉手
撕开层层雪帘
呵护云雾深处的牛羊

马帮，一路向西
踏着古丝绸之路的轨迹
穿过沙柳，穿过荒原
迎着寒风，浩荡地驮起河西走廊

看斑斓的虹霓，从面前宽阔地流过
心，瞬间被打得很湿

云 彩

一朵停泊在掌心里的云彩
偷偷藏了
九百九十九颗星星

几行种在梦中花园的诗句
悄悄开了
九百九十九朵玫瑰

我想将星星跟玫瑰
织成一条独一无二的丝巾
亲手系在你的脖间

看看这样，能否把你留住

假日钟声响起

假如钟声响了
就请用羽毛，把我安葬

我将在香格里拉
编织一对，洁白的天使翅膀
在我眷恋的西湖上空
继续飞翔

西夏王陵

一头青羊,从贺兰山的
岩画里蹦了出来
神秘的河西文字
在残存的石碑上就鲜活起来

秋风从戈壁上掠过
风沙处突现龙的爪痕
龙脉隐伏在山下的荒漠里
几十座大大小小的土堆
耸立在昨日的梦幻里

沙尘锈蚀了宫阙、石碑、石坊
霜雪褪尽了党项族曾经的灵性
光秃秃的山丘
忽悠了千年的历史
一尊遗留的"金鎏铜牛"显现出
当年的辉煌

日落大漠,夕光黯淡
我寻找西夏过往的足迹
探寻一个王朝死亡的秘密
远胜过死亡的本身

边塞废垒

在戈壁的腹地
残留着一座废弃的堡垒
东倒西歪的断壁
如同一堆虎豹的骨架
依稀遥想当年
叱咤风云的景象

那城垛、箭孔依然瞪大着眼
墙上悬挂的鼓角哪去了?
一个个铁钉锈断了岁月
废垒的外墙伤痕累累
刻下火烤烟熏的印迹

戍楼的石阶磨得光滑
那些忘归的将士们
曾在此含辛茹苦地坚守
一纸悲壮的军令
仍在寂寥里回荡着

稻草人（外一首）

戴谦茜

伫立着 伫立着 独眼的稻草人
被遗留在夕阳落下的时分
长年累月也未开启的屋门
眼中只有沉沉的黄昏

等候着 等待着 孤单的稻草人
思念困住了你的灵魂
遥遥无期不知所踪的主人
有藤蔓爬满你的全身

摇晃着 摇晃着 歪斜的稻草人
昆虫撕咬周身的裂痕
没有孩童的天真和鸟雀的体温
要如何填补破洞与寒冷

呼救着 呼救着 慌张的稻草人
暴雨袭来雷鸣阵阵
狂风掀起满天的沙尘
你的哭喊被淹没在风声

沉默着 沉默着 坍塌的稻草人
风暴后是下一个清晨
散落一地凌乱的草根
倒在深坑破碎不整

没有人回答你的疑问
困惑的稻草人
没有人修补你的伤痕
残缺的稻草人
没有人为你抵挡大雨倾盆
无助的稻草人
你却从未有过憎恨
独眼的稻草人

我要到一个
只有蓝天的地方去

我坐着巴士　离开了城市
离开了没有边界的阴天
离开了聚拢又退散的群众
也离开了接近我又远去的人

我要到一个只有蓝天的地方去
那里没有人类　也没有动物
只有青灰的山脉　和嫩绿的草丛
那里没有云翳　也没有雾霾
只有明朗的朝阳　和洁净的风
那里没有阴天　也没有黑夜
只有蔚蓝的渐变　和无垠的天空

那里山清水秀　四季如春
不会被烈日暴晒　也不会有冰寒刺骨
那里风平浪静　悠然安稳
不会被强加热量　也不会被掠夺体温

我坐在车上　窗户的两侧里　映着蓝天
当我忽然想起　原来这是梦
我宁愿守着我的梦
宁愿留在这窗前　停在这时间
再也不离开
再也不醒来

《上海诗人》理事名单

常务理事　　　　　　　　　　　　　　**陈金达**

图书在版编目（CIP）数据

复甦的地平线 / 赵丽宏主编. --上海：上海文艺出版社，2023
ISBN 978-7-5321-8916-8

Ⅰ. ①复… Ⅱ. ①赵… Ⅲ. ①诗集－中国－当代
Ⅳ. ①I227

中国国家版本馆CIP数据核字(2023)第233985号

责任编辑：徐如麒 毛静彦
美术编辑：雨　辰　沈诗芸
封面设计：赵小凡

复甦的地平线
赵丽宏　主编
上海世纪出版集团
上海文艺出版社　出版
201101 上海市闵行区号景路159弄A座2楼
上海文艺出版社发行中心发行
201101 上海市闵行区号景路159弄A座2楼206室 www.ewen.co
上海昌鑫龙印务有限公司印刷
开本 787×1092 1/16 印张 7 插页 2 字数 123,000
2023年12月第1版　2023年12月第1次印刷
ISBN978-7-5321-8916-8/I.7024　　定价：12.00元

告读者　如发现本书有质量问题请与印刷厂质量科联系
T:021-52830308